2037
Paraíso neuronal

José María de Teresa

2037
Paraíso neuronal

Sueños de tinta
MIRA EDITORES

Esta obra ha sido publicada con la ayuda
del Departamento de Educación, Cultura
y Deporte del Gobierno de Aragón

© MIRA EDITORES, S.A. C/ Dalia, 11 · 50012 Zaragoza
Tels. 976 354 165 / 976 460 505 · Fax 976 351 043 / 976 460 446
info@miraeditores.com · www.miraeditores.com

Primera edición: octubre de 2021

ISBN: 978-84-8465-580-0

Depósito Legal: Z 1586-2021

Impreso en España · Printed in Spain

Fotocomposición: La Central, S. C. · Miguel Servet, 2, 3.º dcha. · 22002 Huesca

Imprime: Ino Reproducciones, S. A. · Pol. Malpica - Sta. Isabel, calle E (Inbisa II), nave 35 · 50016 Zaragoza

A mis abuelos,
y a todos los miembros de su generación
que no tuvieron la oportunidad
de aprender a leer y escribir

«No creo que la sociedad que he descrito en *1984*
necesariamente llegue a ser una realidad,
pero sí creo que puede llegar a existir algo parecido».

George Orwell

«Lo único que te pertenecía eran los pocos
centímetros cúbicos del interior de tu cráneo».

Winston Smith, el protagonista
de *1984* (George Orwell)

«Es lo único que no pueden hacer. Pueden obligarte
a decir cualquier cosa, lo que sea,
pero no a obligarte a que lo creas.
No se pueden meter en tu cabeza».

Julia, la protagonista
de *1984* (George Orwell)

Índice

Capítulo 1

1798 (Madrid, España)

Francisco miró durante unos instantes a Andrés, mojó el pincel en la pintura de color rosado, y perfiló la parte izquierda del labio, extendiéndolo hacia abajo respecto a la posición horizontal, pero suficientemente difuminado. Por un lado, no quería que su amigo Andrés del Peral se molestara por hacer visible su parálisis facial, pero por otro, no podía dejar de ser fiel a la realidad. «Vaya pareja —pensó Francisco—: Él rígido como una vara y yo sordo como una tapia». La asimetría entre los lados derecho e izquierdo del labio era evidente, aunque no exagerada... algo menor de la verdadera. Una vez acabada la parte más crítica del retrato, el resto sería pan comido. Se trataba de una pieza rápida dado el presupuesto que habían pactado. Andrés ocupaba una posición menor dentro de la Corte como pintor dorador y decorador de coches de caballos, así que no podía permitirse un retrato que le llevase a Francisco muchos días de trabajo. Como contrapartida, no le pintaría las manos. Al estar en una perspectiva ligeramente girada, la mano izquierda quedaría por detrás del traje y la derecha estaría oculta dentro de la camisa. «¡Como Napoléon!», le había dicho Francisco con sorna. Y Andrés, de buen carácter, había encajado el comentario esbozando una moderada sonrisa. Seguramente, sus discapacidades los habían llevado a congeniar. Siempre lo había conocido con ese defecto en el rostro cuyo origen desconocía. A veces, al hablar se le escurría un poco de saliva por la comisura de los labios. Quizá por ello era hombre de pocas palabras. Además, él tampoco estaba para escuchar largos discursos, así que se complementaban bien. No recordaba haber visto nunca una pintura que retratase una parálisis facial, por lo que tenía curiosidad por la impresión que el cuadro causaría en la exposición que tendría lugar en unas semanas en la Academia de San Fernando. Había acordado con Andrés que después de la exposición ya podría disponer del cuadro. Tan ensimismado estaba en su trabajo y en sus pensamientos que, la siguiente vez que levantó la mirada, Andrés ya no estaba posando en su sitio.

Ladinamente, Andrés se había colocado detrás de él. Sabía que a Francisco no le gustaba que inspeccionasen el avance de sus pinturas, así que decidió actuar mediante el infalible método del hecho consumado. No creía que Francisco fuese a romper su amistad por ello. Observó que el rostro estaba ya finalizado y no pudo evitar una mueca de decepción. En las últimas semanas se preguntaba, recurrentemente, si su defecto quedaría reflejado en el cuadro pero no se había querido humillar solicitándole ese favor a Francisco. Aunque él era solo un pintor de medio pelo, sabía reconocer a un gran pintor como Goya. Lo último a lo que se hubiese atrevido era a decir al maestro cómo tenía que hacer su trabajo. ¿Quién sabe? Quizá algún día su retrato colgase en un museo[1].

---

1 El cuadro de Andrés del Peral que pintó Goya se adjunta al final del libro (foto 1) y se expone en la National Gallery https://www.nationalgallery.org.uk/paintings/francisco-de-goya-don-andres-del-peral, p. 183.

Capítulo 2

1872 (Londres, Reino Unido)

—Señor Darwin, el señor Murray está listo para recibirlo.

Charles se levantó con dificultad de la silla y con una ligera cojera cruzó la sala en dirección a la puerta del despacho de John, que salió a esperarlo.

—Señor Darwin, un placer y un honor acogerlo de nuevo en nuestra humilde editorial —dijo John de modo ceremonioso—. Imagino que nos trae otro tesoro bajo el brazo.

—Le digo lo mismo que le comenté el día que le entregué *El origen de las especies*, el honor es mío. Mi nombre palidece ante los nombres que me han precedido en la lista de autores de su editorial —contestó Charles, poco amigo de las adulaciones pero siempre respetando las fórmulas de cortesía que nos hacen tan genuinamente humanos.

—Es una sorpresa muy agradable que tan solo un año después de publicar *La descendencia del hombre* ponga a nuestra disposición la que, seguramente, será otra joya de la ciencia —respondió John invitándolo a pasar al despacho y tomar asiento. Le pareció que el señor Darwin no tenía buen aspecto; era una pena que el físico no acompañara a una de las mentes más brillantes de Inglaterra.

—Cuando uno ve aproximarse el final, es mejor cerrar capítulos lo antes posible.

—¡Qué bromista es usted, señor Darwin! Seguro que tendremos la oportunidad de publicar muchas más obras maestras suyas.

Dígame, ¿de qué trata el libro que nos trae?, ¿sigue sacando partido a su viaje en el Beagle[2]?

—Es triste ese punto en la vida en el que se vive más de los recuerdos que del presente, ¿verdad? —apuntó Charles con un aire melancólico que enseguida se transformó en la pasión reflejada en el brillo de su mirada y en el modo en el que expandió su cuerpo y lo proyectó hacia adelante—. En este caso, me he centrado en la expresión de las emociones en el hombre y los animales. Como usted sospecha, el libro se basa, en primer lugar, en mis anotaciones del Beagle, aunque he ido completando la información a lo largo de los últimos treinta y cinco años.

—Estoy ansioso por conocer sus nuevos descubrimientos. Lo escucho, señor Darwin.

—En este trabajo, proporciono pruebas que demuestran que los mamíferos, incluidos los seres humanos, expresan sus emociones a través de los gestos del cuerpo, siendo los del rostro los más expresivos. Aunque esto le pueda parecer conocido, mis investigaciones me han llevado a concluir que estos gestos son heredados biológicamente y son fundamentales para su supervivencia. Y lo que es más sorprendente, en el caso del ser humano, estas expresiones son universales. Son las mismas independientemente de la raza y de la cultura.

—¿Quiere decir, señor Darwin, que usted puede descifrar las emociones internas de cualquier ser humano observando sus gestos? Eso es extraordinario. Y me hace muy vulnerable frente a usted, por cierto.

—Tiene usted un humor muy fino, señor Murray. No crea, sin embargo, que es tan sencillo. Hay emociones fuertes que son muy fáciles de distinguir, como el rubor, el afecto, la rabia o el terror. Pero

---

2 Nombre del barco con el que Darwin recorrió Sudamérica desde 1831 a 1836, permitiéndole comparar una gran variedad de especies animales, lo que finalmente lo llevó a proponer la teoría de la evolución.

hay otras más sutiles, como la decepción, que nos resulta más fácil disimular.

—¿Puede distinguir la mentira, señor Darwin? En ese caso es posible que tenga presiones políticas para evitar la publicación de su libro.

—Usted encuentra siempre el lado divertido a las cosas, ¿verdad? Me gusta esa actitud, señor Murray. Cambiando de asunto, he incluido información valiosísima de otros científicos que han abordado previamente el tema, así que tendrá que hablar con sus editoriales para solicitar los permisos de reproducción correspondientes.

—¿De qué científicos se trata?

—He incluido el dibujo de Charles Bell que muestra con gran precisión los músculos de la cara[3].

—¡Ya veo! *Sir* Charles Bell..., uno de nuestros escoceses más universales, inmortalizado por la parálisis facial de Bell producida por un nervio facial.

—Efectivamente, el séptimo nervio facial, que controla los músculos de la cara. Pero el trabajo que realizó y que es relevante para mi libro es el que trató sobre la anatomía de las expresiones en la pintura. Bell estableció qué músculos se mueven al expresar determinadas emociones y, además, sabía plasmarlo en sus dibujos con gran rigor. Un trabajo que fue recibido con entusiasmo en el mundo del arte.

—Un gran personaje sin duda. Como sabe, el origen de mi familia es también escocés y *Sir* Charles Bell pasó a ser un personaje mítico para nosotros cuando ya famoso rechazó jugosas ofertas laborales en Londres con su lapidaria frase «Londres es un buen lugar para vivir pero no para morir».

---

3 Foto 2. Álbum fotográfico, p. 183.

—Sí, un médico muy brillante y también un excelente pintor. Sus pinturas de los heridos en la batalla de Waterloo a los que asistió tras la contienda son impresionantes y guardan muchas similitudes con las de *Los desastres de la guerra* del famoso pintor español Francisco de Goya.

—Terribles escenas sin duda, esperemos que no se repitan nunca más. Excelente, entonces tenemos a Bell… ¿quién más?

—El francés Guillaume Duchenne de Boulogne. Si no lo conoce, sus investigaciones le van a apasionar. Utilizó por primera vez la fotografía en un estudio médico. En sus experimentaciones, aplicó estimulaciones eléctricas a los músculos que había descrito Bell para generar expresiones faciales determinadas, las cuales fotografiaba. De esta manera, pudo identificar varias emociones primarias y los músculos responsables. Y esto le va a encantar, señor Murray. Fue capaz de identificar las sonrisas genuinas y las falsas, pues en cada caso son músculos diferentes los que se contraen.

—¡Impresionante, señor Darwin! Es una lástima que mi abuelo, gran marino y fundador de esta modesta editorial, no esté aquí en mi lugar para disfrutar de este emocionante momento. Igual que mi padre, que continuó la labor de mi abuelo con tanto tesón. Estén donde estén, se sentirán orgullosos de la pequeña contribución de esta empresa a difundir los avances científicos de un gran naturalista como usted.

—Es usted muy amable, señor Murray. Pero tampoco se haga muchas ilusiones con respecto al número de ejemplares que podamos vender. Se trata de un texto muy especializado. Seguramente las memorias de *lord* Byron, que su padre destruyó sin publicar por ser excesivamente escandalosas, habrían tenido muchos más lectores.

John Murray soltó una carcajada mientras ciertos músculos faciales, en realidad, indicaban su contrariedad por el comentario. Esperaba que esta vez el señor Charles Darwin se equivocase y las ventas por *La expresión de las emociones en el hombre y los animales* le resultasen igual de lucrativas que las de *El origen de las especies*.

Capítulo 3

1 de diciembre de 1906 (Madrid, España)

El frío se hacía notar en la estación del Norte de Madrid. Siendo sábado, Julián esperaba tener un día tranquilo. Ayudaría a subir maletas a cambio de una propina a los viajeros del primer tren y, a continuación, daría buena cuenta de un café con leche con media docena de churros. «¿Habría una manera más rápida de entrar en calor? Seguro que ni los alemanes han inventado nada mejor». De repente, vio lo que se asemejaba a una turbamulta. «¿Qué diantres hacen decenas de personas apelotonadas en la estación un día aparentemente anodino?». Al irse acercando, Julián vislumbró en el centro de aquella amalgama a un señor de mediana edad con sombrero y porte elegante. Sus ojos eran menudos y sus cejas cortas, el bigote y la barba perfectamente perfilados. Su expresión general era de incomodidad. «Sí, claro, es don Santiago Ramón y Cajal». Su foto había salido publicada unos días antes en el periódico *ABC*, que ojeaba los días de trabajo en la cafetería de la estación durante el desayuno. «El desayuno». Julián comenzó a salivar. Se sintió como el perro de Pavlov. «¡Qué grande el doctor Pavlov!». Tan solo dos años antes había recibido el Premio Nobel de Medicina, el mismo que dentro de unos días recibiría Ramón y Cajal. Según había leído en el *ABC*, Pavlov se había dedicado a experimentar con perros para extraerles jugos gástricos, demostrando que la sola visión y olor de la comida generaba los jugos de modo reflejo. «¿Vendrán todas esas personas tan solo a despedir al ilustre profesor español o viajará toda la comitiva con él? —se preguntó Julián—. Tal vez el festín de churros tenga que esperar un buen rato».

Santiago se sintió aliviado cuando aquel mozo de la estación se ofreció a subirle la maleta. Aunque aún quedaban veinte minutos para la salida del tren, fue la excusa perfecta para despedirse de autoridades, profesores y alumnos de la Universidad. Cuando el mozo acabó de situar la maleta en el compartimento adecuado, Santiago le ofreció una buena propina en justa recompensa. Sin embargo, aquel mozo la había rechazado cortésmente con unas palabras que todavía resonaban en el vagón:

—Más hombres como usted y este país podría escapar del analfabetismo.

«Aún hay esperanza», pensó Santiago. Los desastres de 1898 habían hundido en el desaliento a la élite intelectual española, que allí permanecía. Recordó las palabras de su paisano Joaquín Costa, que resumían el sentir general: «Grande ha sido la caída de España en Cuba y Filipinas, pero cada español había caído ya antes mucho más hondo dentro de sí mismo». Las palabras del mozo de maletas le habían insuflado algo de energía para afrontar el penoso viaje que le esperaba. Al menos, tendría varios días para pensar en sus cosas sin tener que aguantar tanto lisonjero. Aunque la ceremonia de entrega del Premio en Estocolmo era el día diez de diciembre, mejor salir con varios días de antelación por si surgía alguna contrariedad.

6 de diciembre de 1906 (Estocolmo, Suecia)

Teniendo en cuenta la hora prevista de llegada, lo que se atisbaba a lo lejos debería ya ser la ciudad de Estocolmo. Aunque no era amigo de fastuosidades y agasajos, intentaría disfrutar de esta particular experiencia organizada por la Fundación Nobel. A pesar del cansancio del viaje, le reconfortó pensar que estos días de travesía por media Europa le habían servido para repasar algunos episodios de su vida, principalmente hechos de su infancia y juventud. Había aprovechado para recrear algunos recuerdos en forma de dibujos y realizar algunas anotaciones. Uno de ellos correspondía a su primer recuerdo, que probablemente había sido reconstruido en su mente después de habérselo oído contar tantas veces a sus padres. Veía claramente aquel caballo asestándole una coz y dejándolo inconsciente. Pero él tenía el recuerdo desde una visión cenital. Se veía a sí mismo abajo, inconsciente, mientras desde su privilegiada posición miraba alternativamente al caballo y a su cuerpo inánime. A lo lejos veía acercarse a su madre, corriendo y gritando. Tenía solo tres años, era imposible recordarlo, pero a la mente le gustan estos juegos, ¿verdad? Más de una noche se había despertado sudoroso con este recuerdo. Lo que más le perturbaba era que, en realidad, en el sueño su madre tenía el cuerpo de su madre pero el rostro de su padre. ¿Qué opinaría el profesor Sigmund Freud de esto? Tal vez en su libro *La interpretación de los sueños* encontrase alguna clave, aunque sus teorías eran, probablemente, demasiado revolucionarias para ser ciertas.

La entrada del tren en la estación de Estocolmo le hizo abandonar sus recuerdos. Recogió el equipaje y bajó del tren. Conforme descendía del vagón, un aire helador iba abriéndose camino hasta sus huesos. Suecia y diciembre, ¿qué podía esperar? Al final del andén vio la figura del profesor Retzius, el científico del Instituto Carolino que lo había propuesto para el Premio Nobel. Físicamente, Retzius le recordaba al temible padre escolapio Jacinto, el profesor de Latín en la escuela de Jaca a la que fue enviado a los diez años. Grande, inhiesto, hierático, Jacinto tenía fama de meter en vereda a cualquier mozalbete, aunque con él había fracasado, como había anotado, con gran regocijo, en su cuaderno de recuerdos. Sin embargo, su carácter nada tenía que ver con el de Retzius, de gran afabilidad. «Todo iba como la seda», pensó Santiago.

9 de diciembre de 1906 (Estocolmo, Suecia)

Santiago terminó de ajustarse el chaleco mirándose al espejo y, a continuación, consultó el reloj. Aún faltaban veinte minutos para la cita con Joseph John Thomson, otro de los premiados, que se alojaba como él en el Gran Hotel de Estocolmo. Habían coincidido en el desayuno, en la mesa habilitada para los premiados, y habían acordado cenar allí mismo. Era la víspera del gran día, el de la entrega de los premios, así que mejor retirarse pronto para estar descansados.

—Profesor Ramón y Cajal, ya perdonará que le haya hecho esperar —se disculpó el profesor Thomson.

—Por favor, llámeme Santiago —respondió el profesor español para crear un ambiente más cálido con su interlocutor, con el que había establecido buena conexión intelectual durante el desayuno.

—Usted puede llamarme J. J., como mis compañeros de laboratorio —continuó el profesor inglés, de carácter mucho más cercano que el inglés medio.

—¿*Yei-Yei*?

—Sí, no se preocupe, ya me he acostumbrado —contestó el profesor Thomson guiñándole un ojo. Aunque sus más allegados en Cambridge también lo llamaban J. J., la manera en la que el español lo pronunciaba resultaba sin duda algo cómica—. ¿Dónde aprendió usted inglés?

—Durante mi estancia como médico en Cuba compré unos cuantos libros en La Habana para aprender su magna lengua.

Santiago y *Yei-Yei* tomaron asiento en el comedor. Thomson había descubierto una misteriosa partícula llamada electrón, que tenía la propiedad de conducir la electricidad. Santiago conocía que la unidad más pequeña de la materia era el átomo, término ya acuñado por Demócrito en la antigua Grecia. El descubrimiento de Thomson desmontaba la teoría del sabio griego. Dentro del átomo había algo más y, además, tenía carga eléctrica. ¡Impresionante! Seguramente Thomson podría explicarle un fenómeno que lo aterraba desde niño y que había sufrido en la pequeña población de Valpalmas donde estaba destinado su padre.

—*Yei-Yei*, quiero que me explique algo que me ocurrió con ocho años. Recuerdo estar en la escuela, con una fuerte tormenta en el exterior. De repente, oímos un ruido ensordecedor, como una explosión y, entonces, parte del tejado cedió. Cayeron varios cascotes y salimos todos despavoridos de la escuela. El olor a quemado era notable y alguien gritó: «¡Mirad al cura!». Junto a la campana colgaba el cuerpo inmóvil del cura, al que su fe le había jugado una mala pasada pensando que podría detener la tormenta haciendo sonar la campana. Aquella experiencia me hizo ver la pequeñez del ser humano en comparación con el poder de la naturaleza y siempre he querido entender los rayos, que son capaces de desgarrar el cielo y descargar su energía sobre nosotros. Seguro que sus descubrimientos sobre la electricidad pueden ayudarme a entenderlo.

—Santiago, sus palabras están cargadas de pasión. Veo todavía en sus ojos la honda impresión que le causó el fenómeno y voy a intentar aclararle el prodigio de la electricidad, a la que he dedicado toda mi vida. Mis investigaciones se han centrado en domar los rayos eléctricos, crearlos dentro de tubos para estudiar de qué se componen. El libro por el que me han otorgado el Premio Nobel se titula *La conducción de la electricidad en gases* y le enviaré un ejemplar en cuanto regrese a Inglaterra. Pero como decimos los ingleses, le voy a ofrecer un poco de su sabor.

Durante casi una hora, *Yei-Yei* explicó a Santiago el fenómeno de la electricidad y los experimentos que había llevado a cabo en el laboratorio Cavendish de la Universidad de Cambridge. Le detalló cómo creaba descargas eléctricas entre dos placas metálicas que se colocaban en el interior de un tubo donde había evacuado casi todo el aire. De una de las placas, llamada cátodo, salía un chorro brillante que se dirigía a la otra, llamada ánodo. Al principio, pensó que estos rayos, conocidos como catódicos, podrían ser rayos de luz, pero realizó nuevos experimentos que demostraban que el chorro era desviado por campos eléctricos y magnéticos, así que tenía que tratarse de algún tipo de sustancia cargada eléctricamente. Al medir con precisión cuánto se desviaban los rayos, pudo averiguar que esa carga era negativa y pudo establecer la relación entre la carga y la masa de las partículas. El resultado había sido totalmente inesperado, pues indicaba que el cociente entre la carga y la masa era extremadamente grande, lo que implicaba que la masa de las partículas era mucho más pequeña que la masa del átomo de hidrógeno, el átomo más pequeño que existe.

—¿Cómo se llaman esas partículas?

—Se llaman electrones. Lo que más me sorprendió es que son siempre iguales, independientemente del gas residual que hay dentro del tubo y del material del que está hecho el cátodo, y que su masa es unas mil veces más pequeña que la del átomo de hidrógeno. Es una partícula fundamental que forma los átomos de los que está hecha la materia.

—Demócrito se estará revolviendo en su tumba —bromeó Santiago—. ¿Cómo cree que el electrón está colocado dentro del átomo?

—No tenemos ningún dato al respecto, pero yo he lanzado una hipótesis. Como sabemos que el átomo es eléctricamente neutro, los electrones serían pequeñas partículas, cargadas negativamente, dispersas en una sustancia cargada positivamente.

—Cualquiera diría que se ha inspirado en una tarta de pasas.

—Ja, ja, buena definición, no es el primero que me lo dice.

—Por la manera en la que me ha descrito su experimento, veo cierto parecido con los rayos que se forman en las tormentas, como el que casi acaba con mi vida.

—Sí, por lo que sabemos, cuando hay rayos en las tormentas, el aire, que normalmente es aislante eléctrico, se vuelve conductor a través de estrechos canales que bajan desde las nubes hasta el suelo. Es como si los átomos que forman el aire se rompiesen en su parte positiva y su parte negativa y, a partir de ese momento, portasen la electricidad desde el cielo a la tierra. Es lo mismo que pasa en mis tubos, donde los átomos del gas se rompen en electrones y en materia cargada positivamente y pueden conducir la electricidad. Para conseguir esa ruptura de los gases necesito aplicar voltajes muy elevados que consigo con máquinas especiales, pues las pilas solo pueden generar voltajes bajos.

—Pero el cielo no tiene esas máquinas...

—No, pero si se acumulan muchas cargas eléctricas en las nubes, el voltaje que pueden alcanzar sería muy elevado, pudiendo romper los átomos del aire que hay entre las nubes y el suelo.

—Entiendo. Es curioso cómo su descubrimiento y el mío podrían tener puntos en común. Yo he estudiado el comportamiento de las neuronas, que son las células del sistema nervioso. He observado con un microscopio cómo las neuronas son células alargadas con ramificaciones que permiten conectarse entre sí, aunque dejando un pequeño espacio entre estas conexiones. El número de estas conexiones puede ser muy elevado, con lo que las neuronas forman una red tupida, especialmente en el cerebro. Imagínese un bosque donde las raíces de las plantas pudiesen conectarse entre sí. Mi colega Camilo Golgi, con quien voy a compartir el Premio Nobel, defiende que las neuronas están físicamente unidas. Pero yo he comprobado claramente en el microscopio que siempre queda un pequeño espacio entre ellas. Como usted bien sabe, las células nerviosas nos sirven, por ejemplo, para enviar información sensorial al cerebro y para enviar información motora a los diferentes órganos. Por lo tanto, tiene que haber una manera de que la información pueda pasar de una neurona a otra. ¿Será esa comunicación entre neuronas mediante impulsos eléctricos mediados por los electrones que usted ha descubierto?

—¡La electricidad parece ser el principio y el fin de muchas cosas! ¿Se imagina, Santiago, que un día pudiésemos diseñar una máquina que funcionase con electricidad y que imitara las funciones corporales del ser humano?

—¿Está proponiendo, profesor Thomson, unir mis conocimientos y los suyos para crear un humanoide eléctrico?¿Un ser indistinguible de nosotros que estuviera alimentado por pilas?

—¿Por qué no? Yo sé dotar de electricidad a la materia y usted tiene el conocimiento para transformar la materia en vida. No digo que ese humanoide eléctrico tuviese alma, eso sería una herejía, pero quizá ese humanoide podría realizar tareas que resultan muy pesadas para el ser humano.

—*Yei-yei*, creo que es el momento de irnos a dormir, sus ideas son demasiado revolucionarias para mí. Parece que el *Frankenstein* de su paisana Mary Shelley ha ejercido una mala influencia sobre usted.

10 de diciembre de 1906, a las 05:00 h (Estocolmo, Suecia)

Santiago se despertó a las cinco de la mañana, y ya no pudo pegar ojo. La noche era cerrada, faltaban muchas horas para ver la luz del día en una ciudad tan al norte como Estocolmo. No recordaba haber estado nunca en una latitud tan próxima al círculo polar ártico, punto a partir del cual no hay ni un minuto de luz en invierno. Como había anotado en su cuaderno camino de Estocolmo, se empezó a interesar por la astronomía a raíz del eclipse solar del año 1860. Con tan solo ocho años, quedó impresionado cuando al mediodía la luna cegó totalmente la luz del sol como había pronosticado su padre. Era un día de verano de mucho calor, como suelen darse en la región de Aragón, pero cuando la luz del sol dejó de verse por completo, la temperatura bajó varios grados y comenzó a sentir frío. Los habitantes de Valpalmas, concentrados en la plaza de la iglesia, contemplaban embelesados un fenómeno natural que a duras penas lograban entender, pero que percibían como mágico. Recordaba aquel instante como de una comunión inusual con sus congéneres y con la naturaleza. Según descubrió años más tarde consultando el relato que del eclipse hizo la *Gaceta de Madrid*, el eclipse total pudo percibirse en una franja que comenzaba en el norte cubriendo desde Oviedo hasta Bilbao y con dirección sureste acababa saliendo de la Península Ibérica abarcando desde Valencia hasta Tortosa. Expediciones astronómicas de muchos países llegaron a esa franja para observar el fenómeno, situándose una de las bases principales, la formada por los observatorios de Madrid y de París, en la misma montaña del Moncayo, que vigila, con sus más de dos mil metros de altura, las regiones de Aragón, Castilla,

Navarra y La Rioja. Aunque el día comenzó con una densa niebla, un viento fresco del noroeste la despejó en el momento del comienzo del eclipse, permitiendo observar con claridad que las protuberancias solares eran reales y no meras ilusiones ópticas.

10 de diciembre de 1906, a las 20:00 h (Estocolmo, Suecia)

Ya habían recibido el Premio el químico Moissan y el físico Thomson. Ahora era su turno y el de Golgi. Mientras escuchaba la música, en su mente Santiago empezó a oír una melodía distinta, una música que lo había perseguido desde su estancia como médico del acuartelamiento de San Isidro en Cuba y cuyo estribillo decía: «Yo fui quien maté al caimán, caimán, caimán, yo fui quien maté al caimán». Era la música que los africanos que llegaron a Cuba en buques negreros cantaban en noches festivas interminables. No podía haber dos lugares tan opuestos, la dicotomía era brutal. Por un lado, estaba en la Real Academia de Música de Estocolmo a punto de recoger el Premio Nobel de manos del rey Oscar II. Sin embargo, su mente estaba en Cuba, en el lugar más inhóspito donde había ejercido la medicina, donde los mosquitos casi acaban con su vida y donde le inocularon la debilidad que periódicamente le brotaba agarrotándole los sentidos. Pensó que la vida tiene giros inesperados y, sobre todo, que siempre pende de un hilo.

Capítulo 4

16 de septiembre de 1947
(Nueva York, Estados Unidos)

Walter Brattain se despertó eufórico pensando en su nueva idea para fabricar un dispositivo amplificador de corriente eléctrica. Tenía la intuición de que, tras muchos intentos fallidos, hoy sería el gran día en el que podría demostrar su teoría. La idea le había surgido unos días antes, mientras se afeitaba. El filo de una cuchilla de afeitar podía utilizarse para realizar un pequeño corte en una punta de plástico recubierta por una capa de oro. De esta manera, quedarían dos contactos eléctricos de oro separados por unas cincuenta micras, la anchura del filo de la cuchilla. Presionaría la punta sobre un cristal de germanio con la ayuda de un muelle, y estudiaría si la corriente eléctrica circulante entre los dos contactos de oro podía amplificarse con un voltaje externo.

Aparcó enfrente de la entrada del edificio de los Laboratorios Bell, entró en el laboratorio de medidas eléctricas, cogió su cuaderno y escribió, cuidadosamente, la fecha, la frase «Construido un dispositivo para hacer dos contactos puntuales a un cristal de germanio» y dibujó la punta que había fabricado bajo el título «esquema BA240026». A continuación, comenzó las medidas. A la hora de la comida buscó a su compañero de fatigas, John Bardeen. Conformaban un buen binomio. Mientras que Walter era un manitas y tenía una habilidad fuera de lo común para la física experimental, John era un físico teórico inusual, capaz de explicar, de modo matemáticamente elegante, cualquier observación experimental. Walter le comunicó a John los primeros resultados del día, que no podían ser más esperanzadores. De confirmarse, tenían algo grande entre las manos. Podrían sustituir las voluminosas válvulas de vacío, utilizadas hasta entonces para amplificar señales eléctricas, por pequeños cristales de germanio. Estaban muy excitados, aunque la cara de Walter se ensombreció cuando John le preguntó cómo creía que reaccionaría ante esta invención el jefe del grupo, William Shockley. La relación de ambos con él era muy compleja pues Shockley era un físico muy brillante pero extremadamente soberbio que, además, intentaba apropiarse del mérito de las investigaciones de otros. Ya tendrían tiempo para manejar la situación, pensó Walter quien, cogiendo su vaso de café, se despidió de John y se dirigió de nuevo al laboratorio para proseguir con las medidas.

En ese momento, Walter y John no podían ni imaginar la manera tan vertiginosa en la que se desarrollarían los acontecimientos. Los celos de Shockley resultaron ser tan enormes como su brillantez, por lo que, durante los días siguientes, se afanó en diseñar un nuevo tipo de amplificador aún más eficiente que el diseñado por Brattain y Bardeen. El 30 de junio de 1948, los Laboratorios Bell anunciaron en rueda de prensa un nuevo dispositivo al que se le dio el nombre de transistor. Lo describieron como «revolucionario en el campo de la electrónica de telecomunicaciones», pero se quedaron cortos en el alcance del descubrimiento por el que los tres investigadores compartirían en 1956 el Premio Nobel de Física. Sin quizá intuirlo, iniciaron el camino que, unas décadas más tarde, hizo al ser humano digital.

24 de julio de 1958 (Dallas, Estados Unidos)

Jack Kilby se despertó angustiado aunque, al darse cuenta de que solo había sido una pesadilla, se tranquilizó. En el sueño rememoraba un episodio de su adolescencia ocurrido en la planta eléctrica en la que trabajaba su padre en un área rural de Kansas. Aquella noche, la tormenta de nieve era especialmente intensa y la rotura de un poste de cableado había dejado sin electricidad a toda la comarca. Jack se sentía impotente frente al poder devastador de la naturaleza, y el hecho de ver a su padre usando su equipo de radioaficionado para tranquilizar a la población, le insuflaba ánimo. Le maravillaba que, en medio de aquel vendaval de destrucción, un pequeño instrumento electrónico fuese capaz de ser el bastión de defensa de la comunidad. Era un sueño relativamente recurrente, por lo que no impidió que comenzase el día con buen ánimo.

A los pocos minutos, Jack estaba ya camino del laboratorio en Texas Instruments, la empresa que lo había contratado hacía dos meses. A pesar de que ese año no disfrutaría de vacaciones, estaba exultante por poder desarrollar libremente nuevos conceptos de miniaturización electrónica. El hecho de estar prácticamente solo en el laboratorio esos calurosos días le transmitía la energía de los pioneros. Abrió su cuaderno de laboratorio, anotó la fecha y, a continuación, escribió: «La idea monolítica», acompañada de una breve descripción de la misma que indicaba que todos los elementos del circuito (transistores, diodos, resistores, condensadores, etc.) estarían formados a partir de un único material semiconductor. Si conseguía demostrar que de un solo material, germanio o silicio, se lograban construir todos los elementos que necesita un circuito electrónico, era ya cuestión de tiempo poder integrarlos tomando como punto de partida un bloque del material. De esta manera, se podrían utilizar técnicas de fabricación en paralelo para obtener sobre una única pieza de material quizá miles o millones de circuitos electrónicos miniaturizados.

Solo unos meses después, el físico Robert Noyce desarrolló en la empresa californiana Fairchild Semiconductor un concepto similar que utilizaba una pieza de silicio como material de partida, obteniendo la patente del circuito integrado, incluso, unos meses antes que Kilby. Ambos fueron considerados los padres del concepto de circuito integrado, base del desarrollo de la electrónica, aunque fue Noyce quien tuvo el honor de haber propuesto el nombre de Silicon Valley[4] a la zona del mundo que creó la tecnología más revolucionaria que se pudiese imaginar.

---

4 Zona al sur de la bahía de San Francisco.

Capítulo 5

15 de junio de 2018 (Sånga-Säby, Suecia)

Isabelle se acomodó en la furgoneta eléctrica junto a otros seis jóvenes investigadores. Una de las premisas del encuentro era que sería de cero emisiones y la Fundación Nobel lo había organizado todo a la perfección. En pocos minutos se alejaron del aeropuerto de Estocolmo-Arlanda en dirección a Sånga-Säby, lugar de dicho encuentro. Conforme iban atravesando parajes que le parecían de gran belleza natural donde confluían zonas boscosas y pequeños lagos, Isabelle repasaba mentalmente los últimos días. Todo se había desarrollado tan rápidamente que, a pesar de su mente extremadamente analítica, le estaba costando digerir tantos acontecimientos. En un mes había defendido su tesis doctoral, le había propuesto matrimonio Jean-François, y había recibido sendas invitaciones para un encuentro en Sånga-Säby y para realizar una estancia posdoctoral en Boston.

Lo más fácil había sido aceptar la invitación para Sånga-Säby. Se trataba de unas jornadas con otros jóvenes y brillantes investigadores del campo de la computación, la electrónica y las neurociencias, así como algunos de los mejores investigadores sénior de estos campos. Una oportunidad única para impulsar su carrera científica. Aunque ya había sido un gran logro ser la primera autora en el artículo donde su grupo sentaba las bases teóricas de la computación neuromórfica basada en resonadores magnéticos, Isabelle sabía que necesitaba establecer contactos de alto nivel para consolidarse en la comunidad internacional.

En ese momento, observó volar junto a la furgoneta a una gaviota de cabeza negra, una especie propia de la zona del lago

Malaren por la que circulaban. Durante la espera en el aeropuerto Charles de Gaulle se había informado sobre las aves propias de la región. «Sin duda son más interesantes que los cuervos que solía ver en el Plateau de Saclay[5]», pensó. La verdad es que no le había ido nada mal en la Universidad de Paris-Sud a pesar de haber sufrido, durante los tres años de su doctorado, las continuas huelgas de los trenes de cercanías RER, un tiempo de perros y una comida en la cantina que le había hecho engordar varios kilos. Acostumbrada a la comida casera que, hasta el momento de mudarse a París, cocinaba su madre en su ciudad natal de Grenoble, el cambio de dieta, trufado de platos de rápida preparación, le había sentado fatal. Nunca se había apercibido de la importancia del origen mediterráneo de su madre en el tipo de alimentación que seguían en casa. Ahora se daba cuenta de que las cenas que, con tanto esmero, componía para ella y para su padrastro eran un homenaje a los sentidos y al sistema digestivo.

El grupo en el que había desarrollado su investigación era pionero en un nuevo tipo de computación inspirado en el funcionamiento de las neuronas. Había conseguido emular la manera eficiente de procesar la información que tiene nuestro cerebro, que gasta una minúscula energía en comparación con los ordenadores convencionales. No era la primera vez que se había intentado imitar al cerebro pero, hasta ese momento, era mucho más popular el enfoque de computación mediante redes neuronales, basado en utilizar en ordenadores convencionales un tipo especial de *software* que imita al comportamiento de las neuronas, aunque sus limitaciones son evidentes porque no se evita el elevado consumo de energía de los ordenadores comunes. Sin embargo, ella había demostrado que la computación neuromórfica era posible utilizando resonadores magnéticos. El

5 Zona al sur de París sede de multitud de centros universitarios y laboratorios de investigación.

artículo en *Nature*[6] mostraba la fabricación de un pequeño cerebro artificial formado por unos pocos resonadores magnéticos que imitaban el comportamiento neuronal y lo había utilizado para realizar el reconocimiento de voz. Era solo una prueba de concepto pero, de poder escalarse a tareas más complejas utilizando un número mayor de resonadores, las implicaciones en futuros desarrollos de inteligencia artificial podrían ser enormes.

Las otras dos decisiones que tenía que abordar eran más peliagudas. Por un lado, estaba la proposición de Jean-François. Él había sido su máximo apoyo estos tres años de doctorado y acababa de sacar una plaza permanente de investigación en el CNRS[7]. Cuando ella llegó al grupo, él empezaba un contrato posdoctoral y enseguida habían congeniado. Jean-François había sido un compañero inigualable en estos tres años de vértigo dedicados a su tesis y a la vida parisina. Sin embargo, la oferta del Massachussets Institute of Technology[8], el famoso MIT, recibida tan solo dos días después de la proposición de matrimonio, ponía todo en jaque. La oferta era tentadora, tanto en sueldo como en independencia científica para montar su propio grupo de investigación. «¿Tenía sentido comprometerse con Jean-François cuando su vida iba a dar semejante giro copernicano?», volvió a preguntarse una vez más. Su mente analítica le decía que mejor enfriar las expectativas de Jean-François y esperar a ver cómo evolucionaban los acontecimientos en los próximos meses.

---

6 Una de las dos revistas científicas más influyentes; la otra es *Science*. En las referencias bibliográficas, puede consultarse este concepto en Torrejón, J. *et al*.

7 La agencia de investigación más grande de Francia: Centre National de la Recherche Scientifique.

8 Universidad pública situada en la costa este de Estados Unidos, en Boston, y que cuenta con el centro tecnológico de ingeniería más importante del mundo.

16 de junio de 2018, a las 08:00 h
(Sånga-Säby, Suecia)

Diego apagó la alarma del teléfono móvil y, a continuación, cambió de pantalla con su dedo corazón hasta que visualizó la aplicación de comunicación con su reloj inteligente. La abrió con su dedo índice, pulsó el botón de sincronización con el pulgar y, en pocos segundos, apareció el tiempo de sueño profundo, casi tres horas, y el de sueño ligero, casi cuatro horas. Eso le garantizaba frescura de mente a lo largo del día, no había mejor manera de empezarlo. Un pulso de dopamina recorrió su cuerpo. Menos de dos horas de sueño profundo y le hubiese cambiado el humor. En los últimos meses había escuchado varios *podcasts* sobre la relación entre el número de horas de sueño y el rendimiento a lo largo del día. Estudios recientes habían establecido una clara correlación entre el número de horas de sueño y los niveles de cortisol, la hormona del estrés. Una elevada cantidad de cortisol era garantía de mal humor, falta de atención, memoria debilitada y decisiones precipitadas. Y si el nivel de cortisol no disminuye al final del día, las probabilidades de sufrir insomnio esa noche son muy altas, lo que conduce a un círculo vicioso del que es difícil salir. Desde que había adquirido un reloj inteligente, su primera actividad del día era controlar sus horas de sueño, sobre todo, las de sueño profundo, que, según su experiencia, eran las que le recomponían de modo más eficiente.

Se incorporó sobre el borde de la cama y vio, a través de la ventana, que el sol lucía ya con fuerza y producía un intenso y molesto reflejo sobre la superficie del lago Malaren. Por contraposición, pensó en un Boston helado, el clima al que debería acostumbrarse en los próximos meses. Habiendo realizado el doctorado en la Universidad de Stanford abrazado por la calidez californiana, el contraste estaba garantizado. Sin embargo, se veía arrastrado por unas circunstancias favorables que le habían llevado a aceptar la oferta de la Universidad de Harvard. Para cualquier científico de prestigio en Estados Unidos era casi obligado pasar tanto por la costa este como la oeste. Con su doctorado por la Escuela de Medicina de Stanford[9], la estancia posdoctoral en la Escuela de Medicina de Harvard[10] le permitiría completar su formación y buscar un puesto adecuado a sus altas expectativas, preferentemente en el ámbito de la investigación clínica relacionada con el cerebro, que siempre le había resultado apasionante. Además, llevaba medio año sin ataduras sentimentales, así que no había razón para no aceptar la suculenta oferta de Harvard realizada por el mismísimo director del Departamento de Neurobiología. Diego dejó el reloj sobre el escritorio Malm de Ikea, se desprendió del pijama, y se introdujo en la ducha.

Todavía con el pelo mojado, Diego deslizó la camiseta XXL de su universidad sobre el torso, deshizo las arrugas y, a continuación, se miró al espejo. Peinó su melena rubia hacia un lado y sus ojos, de color a caballo entre el azul y el gris, adivinaron una mueca que casi formaba una sonrisa completa. No había conseguido sonreír como antes de perder a su madre mientras cursaba estudios universitarios. Nunca le perdonaría que, para no perturbarlo, no le hubiese hecho partícipe de lo agresiva que era su enfermedad. Durante las dos semanas anteriores a su muerte, cuando el desenlace era irreversible, no se había separado de su lado. Pero le dolía que le hubiese privado de poder ayudarla a lo largo de tantos meses en los que había sufrido en silencio. No podía evitar, desde entonces, en el instante final en el que articulaba una sonrisa, recordar la de su madre. Si algo había heredado de ella eran sus labios finos de comisuras bien definidas y los hoyuelos que, al sonreír, se le formaban en ambos lados de la boca. Cuando descubrió que los hoyuelos eran causados por una deformación del músculo cigomático que se desdoblaba en esa zona en su acción de arrastre de la comisura de los labios, no pudo dejar de pensar que lo deforme es, en ocasiones, mucho más agraciado que

---

9 Universidad privada muy prestigiosa en la costa oeste de Estados Unidos, en el estado de California.

10 Una de las universidades privadas más reconocidas de la costa este de Estados Unidos, en la ciudad de Boston.

lo normal. Si algo no había sido su madre, sin duda, era corriente. Madre soltera, había sido capaz de desarrollar una brillante carrera profesional a la vez que le había proporcionado un hogar y una infancia felices. En medio del desamparo en el que su ausencia lo sumió durante los primeros meses, consiguió resistir a base de mirarse en el espejo para encontrarse con ambas, su sonrisa y la de su madre. Miró el reloj y regresó a la realidad. Mejor darse prisa si no quería llegar tarde nada más empezar.

La primera ponencia del encuentro hizo un repaso histórico de los principales hitos de la neurociencia, que habían dado lugar a cuarenta investigadores galardonados con un Premio Nobel. Se había comenzado recordando el método de tinción de Golgi para las células nerviosas mediante nitrato de plata, que oscurecía entre el uno y el cinco por ciento de las células y permitía que destacasen sobre el fondo. Después se habían mostrado las impresionantes láminas sobre las células nerviosas dibujadas por Ramón y Cajal. El ponente había logrado atraer la atención de la audiencia regalando una copia de una de las láminas por contestar adecuadamente a una pregunta. Tras este resumen sobre la morfología de las neuronas, se repasaron aspectos funcionales de las mismas, como el concepto de conexión neuronal o sinapsis[11], y los experimentos sobre su estimulación eléctrica[12]. Posteriormente, se recordaron las demostraciones sobre la implicación de sustancias químicas en el proceso sináptico[13], así como las primeras demostraciones de los cambios iónicos que tienen lugar en la membrana de la neurona durante la sinapsis[14]. Se continuó recordando los experimentos que permitieron concluir que la dopamina era una sustancia clave en la sinapsis de las neuronas que se encuentran en el cerebro y que su mala regulación da lugar a enfermedades mentales

---

11 Experimentos realizados por Sherrington y Adrian.

12 Experimentos realizados por Erlanger y Gasser.

13 Experimentos realizados por Dale y Loewi.

14 Experimentos realizados por Eccles, Hodgkin y Huxley.

que pueden abordarse mediante las drogas adecuadas[15]. Finalmente, se repasaron los primeras investigaciones sobre las neuronas de la zona visual del cerebro, las cuales necesitan ser estimuladas tras el nacimiento para funcionar correctamente, por lo que la incapacidad de un bebé para ver durante unas cuantas semanas puede causar consecuencias irreparables en su capacidad visual[16].

La siguiente conferencia había sido pronunciada por uno de los miembros del proyecto Brain, la iniciativa lanzada por el presidente Obama en 2013 con el objetivo de desarrollar las herramientas que permitieran cartografiar la actividad neuronal en todo el cerebro humano. El ponente había mostrado un video donde se veía cómo se activaba en el cerebro de un ratón un circuito formado por varias neuronas cuando recibía un estímulo visual concreto. Esto se había podido observar gracias a que las neuronas se habían teñido con un colorante sensible al calcio, cuya concentración varía en la neurona cuando está activada. El video había impresionado a la audiencia. Y, aunque era habitual ver imágenes de la actividad neuronal global en una región del cerebro ante un estímulo, el poder registrar dicha actividad a nivel de cada neurona era algo muy novedoso.

16 de junio de 2018, a las 15:00 h (Sånga-Säby, Suecia)

La primera charla de la tarde se centró en la emergencia, una propiedad común tanto a sistemas físicos como a sistemas biológicos que consiste en la aparición de un comportamiento del conjunto que es diferente al de los elementos que lo componen. En el caso de los sistemas físicos, se pusieron como ejemplo los materiales superconductores. En estos materiales, algunos electrones del material se agrupan por parejas, y estos pares transportan la electricidad sin ninguna resistencia. Para amenizar la explicación, el conferenciante

15 Experimentos realizados por Carlsson.

16 Experimentos realizados por Hubel y Wiesel.

lo comparó con un matrimonio bien avenido, que fluye por la vida superando, sin fricción, cualquier obstáculo que se le interpone. Aunque acabó diciendo que, como todo el mundo sabe, no existe ningún material superconductor a temperatura ambiente… igual que sucede con los matrimonios bien avenidos. La carcajada del público dio pie a que el moderador de la sesión anunciase que la segunda parte iba a consistir en un trabajo por parejas para discutir ejemplos de emergencia dentro de los sistemas biológicos.

—¡Hola! Soy Isabelle, trabajo en Francia en el CNRS.

—¡Encantado! Soy Diego, trabajo en Estados Unidos en la Universidad de Stanford.

Se dieron la mano y se sentaron en una mesa. «¡Qué casualidad!», pensó Diego, pues a lo largo de toda la mañana su mirada se había detenido algún segundo más de la cuenta en el rostro de Isabelle. Observó que de cerca aún resultaba más atractiva.

—Francia es un país que tengo pendiente de visitar, aunque tendría que encontrar un periodo en el que hicierais huelga de las huelgas.

—Ciertamente hacer huelga es nuestro deporte nacional, lo llevamos impreso en los genes tras cientos de años de evolución. Seguramente esto te llama la atención porque tu país es tan joven que no le ha dado tiempo a evolucionar lo suficiente.

—Como diríais en vuestro país, *au contraire*, los estadounidenses descendemos de aquellos que decidieron que para evolucionar tenían que dejar su país de origen.

—¿Qué te parece si nos centramos en el tema de la sesión y dejamos esta discusión para más tarde? ¿Se te ocurre algún ejemplo de emergencia biológica interesante?

—Millones de células contrayéndose a la vez en el corazón para producir un latido, miles de neuronas en el cerebro rememorando un recuerdo, varios órganos cooperando para producir un orgasmo…, ¿prefieres alguno en particular?

—No creas que me resulta fácil decidirme, aunque el ejemplo del recuerdo me fascina. Y, a pesar de que no sabemos a ciencia cierta cómo se fija y rememora un recuerdo, yo encuentro similitudes con un circuito electrónico. En las memorias USB[17], el dato más básico (codificado como un cero o un uno) se almacena como una pequeña carga eléctrica en un tipo de transistor que actúa como una jaula para esa carga. Y en un momento dado tenemos que leer esa carga eléctrica para poder recuperar la información. El recuerdo debe de ser algo análogo: una serie de cargas diferentes entre las conexiones neuronales a lo largo de un circuito neuronal como el que nos mostraban en el video esta mañana.

—Teniendo en cuenta que el ser humano tiene casi ochenta y seis mil millones de neuronas y cada una puede establecer conexiones sinápticas con otras diez mil, creo que, efectivamente, hay margen para almacenar muchísimos recuerdos de esa manera. Una misma neurona podría participar en un buen número de circuitos neuronales, ¿no?

—Sí, además el proceso es muy dinámico gracias a la plasticidad neuronal. Aunque el número de neuronas no cambie, vamos reconfigurando nuestras sinapsis, que es donde se guarda la información. Esto es un arma de doble filo, porque también implica que vamos modificando nuestros recuerdos con el tiempo.

—Recientemente leí que cuantas más veces rememoramos un hecho más posibilidades tenemos de irlo modificando. De algún modo, recordar significa volver a activar un circuito neuronal y el propio proceso hace que lo modifiquemos.

—Eso se parece mucho a los sistemas cuánticos, donde está admitido que la propia realización de una medida altera el resultado obtenido.

17 Un tipo de conexión estándar para periféricos de un ordenador, como, por ejemplo, una memoria externa. Siglas de *Universal Serial Bus*.

—Es posible que las impresiones que un recuerdo deja en un circuito neuronal vayan degradándose con el tiempo, aunque tampoco podemos obviar el hecho de que el cerebro está continuamente optimizando los procesos para emplear la menor energía posible y una manera sería simplificándolos, lo que los hace menos robustos al paso del tiempo.

—Sí, uno de los mejores ejemplos de esta simplificación es la que ocurre en todo ser humano en torno a los tres años de vida. Hasta entonces, el número de conexiones sinápticas crece enormemente gracias a los estímulos que el niño recibe. Pero, en esa etapa, el cerebro decide comenzar a reducir gradualmente hasta la mitad el número de conexiones. El proceso se llama poda sináptica.

—Imagino que elimina las conexiones menos necesarias.

—Correcto, y es un proceso muy importante porque si el cerebro reduce el número de conexiones menos de la cuenta aparecen enfermedades mentales.

Diego pensó que la conversación con Isabelle estaba discurriendo de un modo muy fluido para acabar de conocerse. «Ojalá en los días siguientes pudiese tener más oportunidades de hablar con ella».

Mientras la veía alejarse, no pudo dejar de pensar que era difícil no quedar a merced de sus ojos oscuros y almendrados, amplios en volumen y expresividad pero sin llegar a intimidar, con cejas angostas que giraban armoniosamente hacia el puente de la nariz. Una nariz que se estrechaba hasta desembocar en unos labios de tamaño discreto pero de naturaleza inquisitiva, cuyos ligeros movimientos parecían acompasar un mar de pensamientos. Inopinadamente, Isabelle se giró para despedirse alzando su mano derecha. Por un instante, la mata de pelo que sobresalía de su coleta se desplazó proyectándose a modo de escorzo hacia la posición en la que se encontraba Diego, quien concluyó que Isabelle merecía ser admirada desde muchas perspectivas.

16 de junio de 2018, a las 19:00 h
(Sånga-Säby, Suecia)

Tras la finalización de la sesión de la tarde, algunos asistentes, entre ellos Isabelle y Diego, se acercaron al lago para darse un baño antes de la cena. Los mosquitos hacían su agosto anticipado y Diego ofreció su repelente a Isabelle.

—Chico prevenido vale por dos —dijo Isabelle mientras hacía ademán de coger el repelente.

—Si hubieses estudiado todas las enfermedades que estos minúsculos seres son capaces de transmitir, siempre llevarías un bote de repelente en el bolso.

—Como la comunidad de mosquitos parisinos está muy debilitada por la contaminación, nunca lo he necesitado, pero quizá lo tendré en cuenta en mi nuevo destino bostoniano.

—¿Te vas a vivir a Boston? ¡Qué casualidad, yo también! Harvard, ¿y tú?

—MIT. Estamos predestinados a conservar diferencias irreconciliables, ¿verdad?

—¿Celtics o Red Sox? —preguntó Diego con clara intención de encontrar un punto en común.

—Los Celtics, por supuesto. A los europeos no nos gusta el béisbol —contestó Isabelle.

—Ahí coincidimos. Debe de ser por mi cincuenta por ciento de carga genética europea. Mi madre era alemana —dijo Diego.

—El nombre de Diego no es muy alemán —señaló Isabelle.

—A mi madre le encantaba hacerse la misteriosa. Fue madre soltera y contaba que mi padre fue un galán español del mismo nombre que la conquistó una noche de pasión en Mallorca. Y que se volatilizó a las seis de la mañana tras ver el amanecer en la playa fundidos en un abrazo, prometiéndose amor eterno. Nunca me he creído esa historia, pero es divertida —se sorprendió diciendo Diego, quien nunca compartía información tan personal a las primeras de cambio.

—Puedes hacerte un test de ADN de los que anuncian por internet para desenmascararla —bromeó Isabelle.

—Creo que no. Nunca se me ha resistido una mujer que me interesara y siempre he pensado que era por mis genes españoles de don Juan. A ver si a partir de ahora voy a perder mi aura —replicó Diego, quien cada vez se sorprendía más a sí mismo con sus respuestas.

—Yo me lo hice recientemente y me salió cincuenta por ciento centroeuropea y cincuenta por ciento mediterránea, con genes italianos, ibéricos y griegos. Mi parte francesa es solo por el entorno, mi madre aceptó un puesto en el polo científico de Grenoble y allí me crie —le contó Isabelle.

—Me encantan los cócteles y tú eres uno muy completo. —«¿Estaré siendo demasiado descarado?», pensó Diego mientras esperaba la respuesta, quizá cortante, de Isabelle.

—No te fíes, un cóctel destaca por sus colores llamativos pero, en general, su sabor decepciona y la mayor parte de las veces deja un dolor de cabeza horrible.

17 de junio de 2018, a las 08:00 h (Sånga-Säby, Suecia)

Isabelle se levantó de buen humor. Sånga-Säby estaba resultando tan excitante como esperaba y le estaba permitiendo apartar sus preocupaciones. Además, el día de hoy iba a dedicarse a temáticas más cercanas a la suya, a los campos de la electrónica y la inteligencia artificial.

La primera charla resumió el desarrollo de la electrónica desde la invención del transistor en 1947[18], cuyas primeras aplicaciones fue-

18 Atribuido a Bardeen, Brattain y Shockley.

ron radios portátiles, audífonos, telecomunicaciones y ordenadores. El primer ordenador equipado con transistores, producido en los Laboratorios Bell en 1954, contaba con solo setecientos transistores[19]. A finales de los años cincuenta, el silicio comenzó a sustituir al germanio como material a partir del cual construir los transistores, especialmente tras el desarrollo, a partir de 1958, del concepto de circuito integrado[20] o chip, en el que todos los componentes necesarios en el circuito (transistores, resistencias, diodos, condensadores, interconexiones) se fabricaban sobre la misma placa de silicio, abriendo las puertas a la miniaturización. Las empresas[21] para las que trabajaban estos investigadores fabricaron los primeros ordenadores basados en circuitos integrados en los años siguientes, que fueron aprovechados, por ejemplo, en el Proyecto Apolo para llevar al hombre a la Luna. Desde esa época, los circuitos integrados se habían venido desarrollando con una miniaturización cada vez mayor, aumentando su capacidad de memoria y de procesamiento de datos. Tras un artículo publicado en 1965 por parte de Gordon Moore, fundador de la empresa Intel, se acuñó el término Ley de Moore para reflejar que cada año y medio se conseguía duplicar el número de transistores en el circuito integrado, lo cual se había venido cumpliendo durante ciencuenta años. El ponente centró la última parte de su charla en describir los métodos de micro y nanofabricación que han permitido miniaturizar los dispositivos electrónicos hasta llegar a poder fabricarlos con una resolución de unos pocos nanómetros. Definió la microelectrónica como la revolución silenciosa del siglo XX, que ha permitido desarrollar los dispositivos que hoy en día se nos hacen imprescindibles: ordenadores, teléfonos móviles, tabletas, televisiones y relojes inteligentes, cámaras de fotos digitales, etc.

En la segunda charla de la mañana, un investigador del Imperial College de Londres describió los hitos principales de la inteligencia

19 Llamado TRADIC, acrónimo de TRAnsistor DIgital Computer.

20 Desarrollado a partir de las ideas de Kilby y Noyce.

21 Texas Instruments y Fairchild.

artificial. El ponente comenzó definiendo la inteligencia como: «Hacer en cada momento lo más adecuado utilizando el sentido común y la creatividad». Rápidamente, se levantaron varias manos que ponían en cuestión una definición tan pragmática de la inteligencia, ya que dejaba fuera actividades humanas como el pensamiento abstracto o las actividades artísticas. El ponente consiguió reconducir la situación incluyendo esas actividades en la definición, ya que el placer físico o intelectual y la felicidad también son adecuados para la supervivencia del ser humano. A continuación, mencionó el experimento propuesto por Alan Turing en 1950, llamado desde entonces el test de Turing, donde un juez se comunica con un humano y una máquina a través de un terminal y un teclado y tiene que detectar cuál de los dos es la máquina. Luego mencionó el ordenador Deep Blue, que derrotó en 1997 al campeón del mundo de ajedrez Kasparov. Este ejemplo dio pie a la argumentación del ponente en el sentido de que las máquinas han conseguido ser mejores que el ser humano solo en actividades específicas, pero no de un modo general pues, hasta ahora, las máquinas no poseen una de las principales virtudes del ser humano: su capacidad de adaptación al entorno y el desarrollo de múltiples inteligencias. A continuación, citó algunos ejemplos recientes del desarrollo de la inteligencia artificial en el campo de los robots y las máquinas de ámbito industrial, del reconocimiento de voz, texto o rostros, finalizando con el coche autónomo. Acabó describiendo un ejemplo que no tardaríamos mucho en ver, pues todos los pasos necesarios, de modo individualizado, ya se pueden realizar.

> El señor García se despierta por la mañana y un algoritmo que se ejecuta sobre el microprocesador presente en su reloj inteligente concluye que los movimientos detectados por los sensores de posición del reloj así como la hora son compatibles con que el señor García se está despertando. Inmediatamente, envía esta información inalámbricamente al microprocesador del teléfono móvil, situado sobre la mesilla junto a la cama. Este microprocesador da las órdenes para que se suban las persianas eléctricas y, a través del altavoz del móvil, comunique al señor García los datos más relevantes del día: tiempo previsto, estado de congestión de la ruta hasta el trabajo y actividades laborales y de ocio

previstas según la agenda digital coordinada entre todos sus dispositivos digitales. En paralelo, este microprocesador se conecta inalámbricamente con el microprocesador integrado en el sistema de control de temperatura de la vivienda y comprueba si la temperatura del depósito de agua caliente llega al valor mínimo requerido. Si está por debajo, se activa la caldera. El señor García se despereza y se desplaza hasta el baño, duchándose con la temperatura predeterminada. A continuación, entra en la cocina para tomar el desayuno. Toma de la nevera el penúltimo plátano, lo cual es detectado por el sensor del compartimiento correspondiente y esta información se envía a la aplicación del móvil que gestiona la lista de la compra. Mientras desayuna, el señor García pregunta en voz alta cuáles son las últimas noticias sobre la empresa con la que ese día tiene una reunión. La aplicación de reconocimiento de voz de su teléfono móvil se conecta vía 5G con varios periódicos digitales y enumera las tres noticias más relevantes, seleccionadas mediante inteligencia artificial. A continuación, el señor García menciona que va a salir enseguida de casa y que va a hacer uso del coche autónomo. Mientras se pone el abrigo y recoge su maletín, el microprocesador del móvil se comunica inalámbricamente con el microprocesador que gestiona la apertura de la puerta del garaje y con el microprocesador que gestiona el coche autónomo. Cuando sale de su casa, el coche está llegando, y se abre la puerta cuando el intercambio de señales bluetooth con el móvil del señor García indica que este se encuentra a dos metros de distancia.

La conferencia finalizó con una sonora ovación y los asistentes comenzaron a hablar en corrillos o a dirigirse hacia el comedor. Diego alcanzó a Isabelle a la entrada del mismo, era una buena oportunidad para seguir conversando con ella.

—¿Qué te han parecido las charlas de la mañana? —le preguntó.

—Aunque conozcas muchas de las piezas del LEGO, cuando te dan la visión global de un tema y ves que todas las piezas encajan es genial. ¿Qué te han parecido a ti?

—Con mi formación en Medicina me cuesta entender algunos de los conceptos de la Física, pero agradezco que el nivel haya sido bastante asequible. Imagino que tú eres física, ¿no?

—Sí, trabajo en computación neuromórfica. Intentamos imitar al cerebro a la hora de procesar la información, construyendo pequeños cerebros artificiales que funcionen de modo igual de eficiente. Por el momento, solo están formados por unas pocas neuronas artificiales y no hemos podido implementar, satisfactoriamente, la capacidad neuronal de interconectarse, pero hemos llevado a cabo experimentos donde hemos conseguido realizar tareas de inteligencia artificial.

—Fascinante, a mí me gustaría enfocar mi investigación hacia el cerebro. El director del Departamento de Neurobiología me ha ofrecido libertad absoluta para liderar una línea de investigación en este campo —le contó Diego con un punto de excitación.

—¿Es muy diferente de lo que has investigado hasta ahora?

—Sí, mi trabajo de tesis doctoral se ha centrado en investigar los posibles mecanismos por los que una dieta rica en azúcares refinados produce un deterioro de los procesos cognitivos en el hipocampo, que es la región del cerebro que controla los procesos de aprendizaje y memoria. Nuestra hipótesis es que la dieta rica en azucares refinados descontrola la producción de la insulina, que es la hormona que gestiona los picos de azúcar en sangre, y este alto contenido de insulina, presente de modo continuado en sangre, afecta al hipocampo. Aunque hemos realizado avances, todavía no hemos logrado demostrar nuestra hipótesis.

—Al final va a resultar que nuestras diferencias no son tan irreconciliables.

—Si ambos vamos a estar en la misma ciudad y vamos a investigar el cerebro, creo que deberíamos vernos y quién sabe si establecer una colaboración científica —propuso Diego lanzándose a la piscina.

—Mientras no quedemos en uno de los clubs pijos de profesores de Harvard…

—Tranquila, nunca pertenecería a un club que me admitiese como socio. Conozco un sitio que te gustará, se llama Bukowski.

—Ten cuidado, eso suena muy transgresor para un profesor de Harvard —le contestó Isabelle en tono jocoso.

—Se necesita un ambiente relajado para desarrollar el pensamiento lateral y las tormentas de ideas —replicó Diego, saliendo relativamente airoso del combate dialéctico.

17 de junio de 2018, a las 15:00 h
(Sånga-Säby, Suecia)

La sesión de la tarde estaba dedicada a la presentación de técnicas para detectar la actividad cerebral. Se presentó en primer lugar la encefalografía, desarrollada en la segunda mitad del siglo XX y basada en la monitorización de las señales eléctricas que produce la actividad neuronal. Se explicó que, mediante varios electrodos colocados directamente sobre el cráneo de la persona, se puede realizar un mapa global de la actividad eléctrica del cerebro y deducir qué regiones se activan cuando se realiza una tarea. El ponente añadió que, como la técnica de encefalografía no tiene buena resolución espacial, en muchos casos se combina con la técnica de imagen por resonancia magnética funcional[22], que se viene utilizando desde los años noventa. Esta técnica se utiliza para detectar las regiones responsables del lenguaje, el movimiento, la planificación y la detección con los cinco sentidos, por lo que es de gran utilidad a la hora de investigar los efectos causados en el cerebro por tumores, derrames, golpes, alzhéimer, etc. Después se introdujeron otras técnicas más recientes, todavía en fase de desarrollo, basadas en la detección de los campos magnéticos asociados con la actividad neuronal, y que pueden dar lugar a una detección con mayor resolución espacial. En concreto, se

---

22 Con esta técnica se puede estudiar con precisión de unos pocos milímetros qué parte del cerebro se activa cuando el sujeto está realizando una acción debido a que la actividad neuronal en esa zona involucra la llegada de un flujo extra de oxígeno transportado en sangre por la hemoglobina, lo que da lugar a un contraste en la imagen de resonancia.

describieron los sensores magnetorresistivos[23], que son los mismos que se utilizan en la lectura de la información almacenada en los discos duros de los ordenadores. Estos sensores pueden integrarse en un pequeño chip electrónico, y el ponente explicó que, en un futuro, quizá este chip podría ser implantado en el cerebro y, mediante una señal *wifi*, enviar los datos al exterior del cerebro.

El clímax de la sesión llegó al final, cuando el ponente describió los desarrollos de dos empresas *start-up*[24]. La primera utilizaba un pequeño receptor de apenas sesenta gramos que se colocaba en la nuca y era capaz de detectar las ondas cerebrales que se producen en la zona del córtex visual, interpretando la actividad neuronal de esa zona del cerebro, y enviando la información a un ordenador que, a continuación, ejecuta acciones. La segunda empresa se basaba en el hecho de que las neuronas no están limitadas al cerebro sino que se extienden como una red por todo el cuerpo. Aunque, fuera del cerebro es más habitual hablar de los nervios, estos no son más que agrupaciones de neuronas. Esta empresa había desarrollado una banda que se enrolla en el brazo y detecta la actividad de ciertas neuronas que pasan por él, las cuales están conectadas con la espina dorsal, y esta, a su vez, con la zona motora del cerebro. El ponente realizó una demostración utilizando un juego de ordenador. Simplemente pensando en la palabra 'salta', la señal viajó desde el cerebro hasta el brazo mediante las conexiones neuronales, siendo detectada por la banda, la cual envió la orden al ordenador para que el personaje del juego saltase. Los asistentes aplaudieron y vitorearon al ponente de tal manera que este finalizó su intervención con una reverencia como si se tratase de un actor de teatro, provocando, así, una algarabía general.

---

23 Dispositivos electrónicos que generan una señal eléctrica con pequeñas variaciones de campo magnético, como las que producen los bits magnéticos de un disco duro. Por su descubrimiento, Fert y Grünberg fueron galardonados en 2007 con el Premio Nobel de Física.

24 Empresas de base tecnológica con gran potencial de desarrollo.

Antes de la cena se celebró la sesión de pósteres, donde los investigadores mostraban sus investigaciones al resto. Se habían dispuesto veinte tableros, cada uno de los cuales podía albergar un póster por cada lado. Los asistentes podían comenzar por un extremo, circular hasta completar un lado y luego pasar al siguiente lado. Cada póster era presentado por su autor, que contestaba a las preguntas de los visitantes. A Diego le correspondió el tablero número cinco y a Isabelle el tablero seis del mismo lado, lo que aprovechó Diego para conversar con Isabelle antes de que los primeros investigadores se acercasen.

—Vaya, parece que los hados estuviesen confabulando para que no podamos evitarnos —comenzó diciendo Diego.

—La física dice que las cargas opuestas se atraen. En este caso, yo soy la carga positiva, claro —lo provocó Isabelle.

—Si tener carga negativa supone atraer a cargas positivas, te lo compro. Veo que tu póster tiene muchos colores. Es buena táctica para atraer la atención de la audiencia.

—Aquí presento un resumen de la computación neuromórfica. Veo que tu póster, con esa foto de una tableta de chocolate, también es llamativo.

—Sí, es mi táctica para llamar la atención, ya que encaja bien para introducir la presencia de los azúcares en la dieta. ¿Hay alguien que pueda resistirse al chocolate?

—Creo que los robots.

—Muy bien traído —dijo Diego con una mueca de disgusto al ver acercarse a los primeros visitantes de su póster.

18 de junio de 2018, a las 08:00 h
(Sånga-Säby, Suecia)

Mientras Isabelle cerraba su maleta le invadían sentimientos encontrados. Por la tarde emprendería el viaje de regreso a su vida real. La estancia en Sånga-Säby había sido un paréntesis muy emocionante, pero era consciente de que tenía dos frentes abiertos que debería abordar a su regreso: su relación con Jean-François y la mudanza a Boston. Miró el reloj y se dijo que ya tendría tiempo en el vuelo para pensar en ello; ahora le esperaban las últimas sesiones, que pintaban igual de interesantes que las anteriores.

La primera sesión de la mañana comenzó exponiendo cómo actuar sobre el cerebro mediante dispositivos externos. En primer lugar, el ponente describió la estimulación eléctrica cerebral, que se obtiene colocando electrodos sobre el cráneo y efectuando descargas eléctricas. De fondo puso una escena de la película *Alguien voló sobre el nido del cuco*, donde el protagonista, Jack Nicholson, recibe esta terapia, e indicó que, al contrario del mito creado por el cine, es una terapia respetuosa con el paciente y que funciona bastante bien para ciertas enfermedades mentales graves. A continuación, abordó la estimulación magnética transcraneal, donde se usan unas bobinas externas de varios centímetros de diámetro para generar un campo magnético alterno intenso en una zona del cerebro, por ejemplo, la región motora, para producir un cambio en la actividad eléctrica del cerebro. Aunque el método pueda parecer algo burdo, explicó el ponente, ha resultado útil en el tratamiento de pacientes que sufren determinadas enfermedades mentales. Después, habló de la técnica más invasiva, la estimulación profunda del cerebro, donde se insertan electrodos en forma de puntas afiladas en el interior de ciertas zonas cerebrales. A través de estos electrodos se puede registrar actividad neuronal y aplicar pulsos eléctricos para estimularla[25]. El ponente finalizó introduciendo el prometedor campo de la estimulación óptica del cerebro, aplicada hasta ahora con éxito en ratones. En esta técnica, se utiliza luz láser altamente focalizada, consiguiendo excitar circuitos neuronales. Afirmó que los estudios estaban en una fase muy inicial, ya que todavía se estaba intentando mitigar algunos efectos

25 Los estudios más recientes indican que para reducir la respuesta inflamatoria del cerebro y obtener una interfase biocompatible con los microelectrodos es importante controlar durante la fabricación su rugosidad con resolución de nanómetros, lo cual se puede hacer hoy en día con ciertas técnicas de microfabricación.

secundarios como el calentamiento local de la zona cerebral donde se enfoca el láser. En el turno de preguntas, el tema central del debate giró en torno a la posibilidad de escribir en el cerebro recuerdos, ya sean estos verdaderos o falsos, como se planteaba en una reciente novela de ciencia ficción que varios de los asistentes habían leído.

La última sesión del encuentro trató de las consecuencias éticas del desarrollo de los dispositivos híbridos máquina-cerebro. La presentación fue realizada por una profesora de Filosofía. En primer lugar, expuso los retos éticos a los que se enfrenta este campo que, hasta hace poco tiempo, era considerado de ciencia ficción. Para poner en contexto el tema, la profesora mostró unas imágenes de la versión de 1931 de la película *Frankenstein*, basada en la novela de Mary Shelley escrita un siglo antes, y que de modo pionero trata el asunto de la identidad y de los límites éticos en la creación artificial de seres humanoides. A continuación, eligió unos fragmentos de la película de 2004 *Yo, robot* basada en varias novelas sobre robots escritas por el divulgador Isaac Asimov en la segunda mitad del siglo XX. La ponente destacó de las mismas la propuesta del autor de que cualquier robot siempre debería ser diseñado de acuerdo con tres leyes: no debe causar daño a los seres humanos, debe obedecer a los seres humanos, y debe proteger su propia existencia mientras no entre en conflicto con las dos leyes anteriores. Como ejemplo de los dilemas éticos a los que se enfrenta una inteligencia artificial, la profesora eligió el caso del coche autónomo, que en una situación de emergencia puede tener que decidir si minimizar el potencial daño a un peatón, al pasajero o al propio vehículo. La última parte de su exposición se centró en dos aspectos éticos clave de los dispositivos híbridos cerebro-ordenador: la privacidad y la identidad. Defendió que cada persona debe tener derecho a la privacidad de sus datos neuronales y también que debería regularse el uso de los mismos. También previó la problemática de la pérdida de identidad y de responsabilidad, especialmente cuando hay varias interfaces cerebro-máquina conectadas en red. Esta futurista visión del campo de la neurociencia generó a la vez una gran excitación y una gran inquietud entre los asistentes, que despidieron a la profesora con uno de los aplausos más largos del encuentro.

18 de junio de 2018, a las 15:00 h
(Sånga-Säby, Suecia)

Isabelle y Diego esperaban junto al resto de asistentes la llegada de las furgonetas que los llevarían o bien al aeropuerto o bien a la estación de tren de Estocolmo. Era el momento de la despedida de este encuentro que tantas ideas había inspirado en los asistentes y del que habían surgido nuevas amistades y colaboraciones.

—Es una pena que se acabe Sånga-Säby, ha sido fascinante —dijo Isabelle.

—Echaré de menos nuestras pequeñas disputas dialécticas, aunque casi siempre me hayas ganado —replicó Diego.

—Estarééé aquííííí miiiismo —respondió Isabelle, poniendo su dedo índice sobre la frente de Diego, lo que provocó una sonora risotada de este.

—Ya veo que eres amante del cine clásico, como la película *E.T.* Aunque te falta que se te encienda la lucecita, ahí ya lo clavarías.

—Tengo muchas virtudes, pero a ser luminiscente todavía no llego —contestó Isabelle de forma divertida, consciente de que también Diego conocía la escena de una película estrenada antes de que ambos nacieran.

En ese momento llegó la furgoneta de Isabelle, que le extendió la mano a Diego a modo de despedida.

—¡Vaya, qué decepción! —exclamó Diego—. Esperaba recibir dos besos como soléis hacer los europeos.

—En París damos cuatro, vivimos siempre más intensamente, pero nunca lo hacemos con los norteamericanos para que no nos malinterpreten —insinuó Isabelle.

—En cualquier caso, te deseo buen viaje y espero volver a verte —añadió Diego.

—Ve pensando en una buena propuesta de colaboración y, si no volvemos a coincidir, recuerda que siempre nos quedará Sånga-Säby —se despidió Isabelle dedicándole una amplia sonrisa.

—Presiento que este es el comienzo de una hermosa amistad —continuó Diego viniéndose arriba. No en vano, Isabelle había elegido para despedirse una frase de otra película clásica, en este caso *Casablanca*, una de las que mejor podían invocarse para conectar a franceses y norteamericanos en sus anhelos de amor, libertad y pasado común.

—*Casablanca* resulta algo decepcionante una vez que sabes que se rodó en Hollywood, ¿no crees? —replicó Isabelle rebajando el *soufflé*.

—¡Hasta pronto! —acertó a decir Diego con cierto aire bobalicón.

Capítulo 6

28 de septiembre de 2018
(Boston, Estados Unidos)

Diego bajó del vagón del metro de la línea verde en la parada de North Station y siguió las flechas que indicaban la dirección del pabellón donde habitualmente jugaban los Boston Celtics aunque, en esta ocasión, en lugar de un partido de baloncesto albergaría un concierto de Bruno Mars, uno de sus cantantes favoritos. Había sacado la entrada en cuanto habían salido a la venta en internet, semanas antes de llegar a Boston, y no le importaba ir solo. Además, las críticas que había leído en el *Boston Globe* sobre el concierto del día anterior eran muy buenas. Al colocarse en una larguísima cola, vio una cara conocida en la fila a su izquierda, un poco más adelante. Dejó su fila y en el corto trayecto de quince metros su corazón empezó a bombear sangre a ciento veinte pulsaciones por minuto, como luego le informaría su teléfono inteligente.

—No te pierdes una —dijo Diego.

—La ciencia no lo es todo —le contestó Isabelle mientras sus pupilas se dilataban—. Te presento a Sarah, una compañera del laboratorio.

—Otra fan de Bruno, imagino —reaccionó Diego, extendiéndole su mano.

—Más bien un *quid pro quo* —argumentó Sarah—. Yo acompaño a Isabelle al concierto de su cantante favorito y el siguiente concierto lo elijo yo.

—La simbiosis, esa gran adaptación de los seres vivos —respondió Diego.

—Doctor Diego, supongo —lo interpeló Sarah—. Encantada de conocerte.

—¿Escondes en tu bolso una bola de cristal? —le preguntó un sorprendido Diego.

—Isabelle ya me había hablado de un prometedor científico de Harvard al que conoció en Sånga-Säby, cuya descripción física encaja con la tuya. Es solo buena memoria y algo de intuición —respondió Sarah guiñándole un ojo.

—Ya veo que la inteligencia es contagiosa —dijo Diego dirigiéndose esta vez a Isabelle—. ¿Qué os parece si esta noche formamos los tres una comunidad simbiótica?

—Hum, nosotras aportamos nuestra agradable compañía a dicha comunidad. ¿Qué puedes aportar tú? —le retó Isabelle.

—¿Qué tal si aporto la intendencia del grupo? ¿Empezamos quizá por una hamburguesa y un refresco? —reaccionó Diego, saliendo exitosamente del atolladero.

El éxtasis se apoderó del pabellón de los Celtics cuando Bruno comenzó su actuación con la canción *24 K Magic,* y fue *in crescendo* conforme avanzaba el concierto, que culminó con la espectacular canción *Piano Solo*. Ante la insistencia del público, Bruno regaló una última canción, *Uptown Funk*, consiguiendo que Isabelle, Sarah y Diego cantaran a grito pelado «Don't believe me, just WATCH»[26].

19 de enero de 2019, a las 11:00 h
(cerca de Boston, Estados Unidos)

Isabelle veía caer la nieve copiosamente a través de la ventana del coche en el que viajaba con Diego camino de Cape Ann. Habían programado una excursión en el día, a la que Sarah no había podido ir. A raíz del concierto de Bruno Mars, Isabelle y Diego habían

26 'No creas lo que digo, solo MÍRAME'.

comenzado una relación de amistad a la que Sarah se unía de vez en cuando. Dos o tres días por semana quedaban para correr con el objetivo, quizá demasiado ambicioso, de estar preparados para disputar en abril la famosa maratón de Boston. En octubre se habían citado en el museo del MIT para visitar la exposición temporal sobre los dibujos de Ramón y Cajal relativos a las estructuras neuronales del cerebro, guiada ese día por el prestigioso investigador de la Universidad de Columbia Rafael Yuste, cabeza visible del Proyecto Brain sobre el que ya tenían referencias desde el encuentro de Sånga-Säby. Al término de la visita habían aprovechado para recorrer la exhibición sobre el Proyecto Polaroid de fotografía instantánea, impresionados con la parte en la que se explicaba el origen del mismo, cuando en 1943 la hija del inventor Edwin Land le preguntó a su padre por qué no podían ver ya la fotografía que acababan de tomar y este, en tan solo una hora, había diseñado los pasos que permitirían hacer realidad el deseo de su hija. Otro día Isabelle y Diego habían quedado para tomar una cerveza en el bar Bukowski con el que habían bromeado en Sånga-Säby. Se trataba de un pub de aspecto destartalado, cuya fachada destacaba por su combinación de colores rojo, dorado y negro, y que tomaba el nombre del legendario escritor del realismo sucio, conocido por loar a partes iguales el alcohol, el sexo y la vida bohemia. Las lámparas que iluminaban el rótulo estaban perfectamente desalineadas y del interior fluían unas luces de color morado radioactivo. La ironía fue que como Diego no llevaba encima el carné de conducir no pudo demostrar que superaba la barrera de los veintiún años, por lo que el camarero se negó a servirle la cerveza que había pedido, con su consiguiente enfado. Después, habían jugado una partida de bolos en un local cercano. Fue el día en el que Isabelle le confesó que, sentimentalmente, estaba pasando una mala racha porque su relación con Jean-François se había deteriorado enormemente tras su partida a Boston. Los acontecimientos se habían precipitado cuando Isabelle volvió a París a pasar las Navidades y la relación con Jean-François alcanzó un punto de no retorno que había acabado en la ruptura de la relación antes de su vuelta a Boston, después de fin de año.

—Parece que la nevada se intensifica —dijo Isabelle.

—Para un californiano como yo, cualquier nevada es mucha nevada —respondió Diego.

—Ahí podemos aparcar. Según el navegador estamos muy cerca de Halibut point.

Caminaron unos minutos sobre la fina capa de nieve que se iba formando y alcanzaron la antigua cantera de granito que, tras ser abandonada, se había transformado en un precioso lago. La bordearon pasando junto a la torre construida durante la Segunda Guerra Mundial para vigilar los puertos de Boston y Plymouth, encontrándose frente a la inmensidad del océano Atlántico.

—Según mi guía, la primera colonia inglesa se estableció en estas tierras en 1623 y el nombre de Cape Ann se lo puso el rey inglés Carlos I en honor de su madre Ana de Dinamarca —contó Diego—. La guía también dice que el granito de toda esta zona es muy reputado y se ha utilizado en muchas construcciones en todo el país.

—Seguro que no hay muchos sitios en Estados Unidos que puedan presumir de una historia tan antigua —comentó Isabelle para, a continuación, quedar ambos en silencio durante unos instantes admirando un mar algo embravecido.

—La línea de costa es hermosa pero a la vez intimida —siguió Diego—. Los pescadores de aquí no lo habrán tenido fácil para sobrevivir en este entorno.

—He leído que en esta zona se rodó la película *Tormenta perfecta*.

—Ya recuerdo, la del barco de pescadores cuyo capitán era George Clooney, ¿verdad?

—Sí, esa.

—Por cierto, ¿tú también lo encuentras tan atractivo como el resto de las mujeres del planeta? Él y Brad Pitt deberían estar prohibidos por ley. Nos hacen al resto mucho peores —bromeó Diego.

—Yo soy más de Brad, pero quién sabe si George le gana en las distancias cortas. Por cierto, yo en lugar de prohibirlos los clonaría —replicó Isabelle, provocando la carcajada de Diego.

19 de enero de 2019, a las 17:00 h (cerca de Boston, Estados Unidos)

Un policía se acercó al coche y les informó de que la carretera estaba cortada. Las malas condiciones climatológicas habían provocado un accidente que había causado heridos y un camión había quedado cruzado en mitad de la Yankee Division Highway. No se preveía que el tráfico pudiese ser reestablecido hasta, quizá, media noche. Asimismo, les informó de que era la única vía practicable para llegar a Boston y que, o esperaban varias horas, o se quedaban en la zona hasta el día siguiente.

—Atrapados en Cape Ann —dijo Isabelle—. Esto puede ser el comienzo de una gran aventura.

—Como dirían los libros de autoayuda, nos encontramos ante una gran oportunidad —continuó Diego.

A pesar de la situación, ambos estaban de muy buen humor. Entre ellos había buena química y, a excepción de este contratiempo, ambos habían disfrutado del resto del día.

—¿Qué te parece si buscamos alojamiento en Gloucester? Es la población más grande, seguro que encontramos algo —propuso Isabelle.

—Sí, buena idea, voy a consultar qué nos ofrece nuestra amiga internet —respondió Diego.

Al cabo de solo media hora se encontraban ya en el vestíbulo del hotel Beauport, más popular durante el verano por su localización en primera línea de playa, pero también abierto durante el invierno. Les proporcionaron dos habitaciones en la primera planta y quedaron en verse en el gimnasio.

—¿Tú crees que estamos entrenando lo suficiente? Hasta ahora solo tengo experiencia en medias maratones —preguntó Isabelle sudando copiosamente sobre la cinta.

—Ahora vienen los meses decisivos —afirmó Diego mientras se afanaba en la cinta contigua—. Hay que intentar no saltarse ningún entrenamiento hasta abril.

—Pues yo tengo que asistir a dos congresos de aquí hasta abril, me va a resultar complicado.

—Si dejas un hueco en la maleta para las zapatillas, seguro que los días que estés fuera puedes encontrar momentos libres para no saltarte ningún entrenamiento —la animó Diego, mientras reducía la velocidad al haber alcanzado el tiempo de carrera previsto y se secaba el sudor con una toalla.

—Al menos lo intentaré —prometió Isabelle, prácticamente ya parada.

—¿Ahora un poco de relax en el *jacuzzi*? —propuso Diego.

Isabelle dudó durante un largo instante qué responder, puesto que el riesgo era evidente y ni siquiera había previsto la situación. En tan solo un segundo, por su mente pasaron a modo de *flash* varias escenas desagradables vividas en los últimos meses con Jean-François, intercaladas con otras escenas agradables junto a Diego. Aunque no podía engañarse a sí misma con el hecho de que Diego le gustaba mucho, no sabía cómo reaccionaría ante el hecho de una proposición directa. La relación con Jean-François estaba todavía muy reciente y quizá empezar una relación en este momento podría arruinarla a largo plazo al no haber cerrado todavía las heridas anteriores. Cuando estaba a punto de decir que tenía que contestar un par de correos electrónicos urgentes vio que en el rostro de Diego se había dibujado una amplia sonrisa.

—En invierno el *jacuzzi* del hotel está cerrado —anunció Diego divertido por la situación.

—Lástima, hubiera sido una buena oportunidad para estrenar mi nuevo minibikini —dijo Isabelle saliendo con cierta dignidad de una situación un poco embarazosa, pero pensando que esta se la guardaba.

19 de enero de 2019, a las 20:00 h (cerca de Boston, Estados Unidos)

Mientras Diego se vestía para bajar al vestíbulo, donde había quedado para cenar con Isabelle, pensó en sus últimos encuentros sexuales. A este paso pronto perdería su fama de conquistador que tanto trabajo le había costado granjearse. Del polvo con una compañera de laboratorio tras la fiesta que había organizado por la defensa de su tesis no recordaba apenas nada. El alcohol había corrido abundantemente por la fiesta y encima se había fumado un porro. Su compañera, una estudiante recién entrada en el grupo, estaba probablemente peor que él. Desde que había llegado a Boston, solo se había decidido a usar *Tinder* dos veces. La chica del primer *match*[27] era muy atractiva y se daba un aire a Halle Berry, pero le había dejado claro desde el principio que solo quería acostarse una vez, habiendo resultado la experiencia satisfactoria aunque algo fría. En el segundo *match*, quedó patente desde el primer momento que su «cita» había mentido bastante en su perfil, resultando el encuentro decepcionante. Isabelle estaba en su punto de mira desde que habían vuelto a coincidir en Boston, pero no quería presionarla. Pensaba a menudo en ella cuando se encontraba en la ducha. Sin embargo, por la expresión de su cara ante su proposición del *jacuzzi*, de momento era todo a lo que podía aspirar.

—El rollito de langosta estaba realmente bueno —comentó Diego.

---

27 Acuerdo para citarse de dos miembros de la red social.

—Espectacular —continuó Isabelle—. Aunque creo que todavía me gusta más esta tarta de crema y chocolate.

—Se llama tarta bostoniana y, en realidad, el cocinero que la hizo por primera vez era francés, un tal Augustine François Anezin, según vi en un documental sobre cocina bostoniana —comentó Diego.

—Vaya, espero que este François no saliese rana en el amor.

—Los hombres franceses no son los que tienen peor fama en el amor, aunque seguro que tú estás mejor informada.

—El problema de los franceses es que están siempre cuestionándolo todo, incluidos a sí mismos y sus relaciones.

—O sea, que en el amor son líquidos, palabra tan de moda en la sociología actual.

—Los estadounidenses sois más prácticos y más directos, así que imagino que en el amor sois más sólidos.

—Creo que deberías salir con uno y comprobarlo por ti misma.

—¿Y conoces a alguno que merezca la pena?

—Me han hablado de un apuesto profesor de Harvard, pero en este momento está atrapado en un lugar remoto de Massachussets en compañía de una bella dama —respondió Diego continuando el cortejo, terreno que tan bien dominaba.

Capítulo 7

28 de mayo de 2023 (Montréal, Canadá)

Diego se regocijaba en la escena. La pequeña Sophie perseguía a una ardilla del parque La Fontaine mientras Isabelle corría detrás de ella temerosa de que se hiciese daño. Era un día de sol radiante, como eran habituales en Montréal en esa época del año. La vida se trasmutaba rápidamente desde el duro invierno, especialmente para un californiano como él, hacia una calurosa primavera. Era un domingo para disfrutar de la tranquilidad de la ciudad, ya en vísperas de la agitación que traería en unos días el Festival de Música de los Francos. Le gustaba más el nombre anterior, Francofolies. Pero todo cambia. Sin ir más lejos su propia existencia, que había dado un giro de lo más inesperado hacía ya casi tres años. Era difícil de prever que su contrato en Harvard no hubiese sido renovado tras tan solo un año de trabajo, cuando estaba ya terminando de montar su grupo de investigación. Y todavía más enigmático que lo mismo le hubiese sucedido a Isabelle con su contrato en el MIT. Menos mal que ya llevaban emparejados unos meses, tiempo suficiente para dar juntos el siguiente paso, que resultó ser trasladarse a Montréal donde, por el momento, la vida les sonreía. Si la mezcla de cultura francesa y anglosajona de la ciudad era por igual extraña y fascinante, el trabajo en la *start-up* de inteligencia artificial que habían montado entre ambos les apasionaba. Y el nacimiento de su hija Sophie hacía casi dos años había puesto la guinda al pastel. Diego miró su reloj; ya pasaba el mediodía y habría que buscar un sitio para comer algo. «La cercana calle Saint Denis, plagada de restaurantes, sería una buena opción».

—Sin duda, este es el mejor restaurante de la ciudad para comer una *poutine* —dijo Diego mientras se llevaba a la boca una patata frita con un trozo de queso, ambos bien untados en salsa de carne.

—Parece increíble que una comida tan poco elaborada pueda ser uno de los platos más conocidos de todo Québec —comentó Isabelle.

—Menudo contraste con la sofisticación parisina para la comida —bromeó Diego mientras le daba a Sophie una patata frita que escurría salsa—. ¿Qué tal está tu *crêpe* con sirope de arce?

—*Pas mal!*[28] Desde que estuvimos en aquella exposición donde explicaban todo el proceso de fabricación del sirope le tengo más cariño al plato. Aún tengo grabada en la retina aquella foto antigua con los arces conectados con tubos por donde circula la savia.

—Yo no me imaginaba que la elaboración del sirope pudiese tener tanta enjundia. Acuérdate, para conseguir una buena calidad es necesario evaporar la savia el mismo día que se recolecta.

—Cambiando de tema, he pensado que quizá sería conveniente usar más a menudo para nuestra empresa las iniciales SLL en lugar de SummerLight Labs, que se hace bastante largo. ¿Qué piensas?

—Sí, buena idea. También tenemos que pensar en otras posibles aplicaciones del sistema de reconocimiento de voz ahora que su uso para la detección de la enfermedad de Alzheimer está tan avanzado.

Sin duda, había sido un acierto combinar los conocimientos médicos de Diego y los conocimientos en electrónica e inteligencia artificial de Isabelle para concebir la idea de que un buen sistema de reconocimiento de voz debería ser capaz de percibir algunos síntomas de esta enfermedad como la ralentización en el habla, el uso predominante de pronombres frente a nombres propios o el cambio

---

28 En francés, 'no está mal'.

de timbre. Usando una tableta y dos minutos de conversación con el paciente, el algoritmo que habían desarrollado era capaz de hacer un diagnóstico con una precisión superior al noventa por ciento, tal y como se había comprobado en el estudio clínico realizado en la región de Québec. Ahora que habían licenciado la tecnología a una empresa médica para su comercialización, era el momento de encontrar nuevas aplicaciones.

—Yo creo que no debería ser difícil adaptar el algoritmo para detectar cambios en el habla asociados con la presencia en la garganta de nódulos e incluso de tumores —dijo Isabelle.

—Seguramente habrá cambios claros en las frecuencias del habla asociados a la modificación de las dimensiones de la cavidad donde se forma el sonido —puntualizó Diego.

—De todas formas, hay una aplicación más ambiciosa que tengo en mente, aunque quizá no podamos dar con el algoritmo adecuado. Me refiero a los problemas de autismo en los niños —respondió Isabelle con un punto de emoción.

—Sí, ya veo por dónde vas. A lo mejor no sirve para detectar todos los tipos de autismo, pero en algunos de ellos es posible que las diferencias en el habla sean suficientemente significativas para que las podamos detectar —apostilló Diego mientras, inconscientemente, miraba de reojo a Sophie.

La semana anterior, la pediatra de Sophie les había sugerido la posibilidad de que pudiese sufrir un tipo leve de autismo. En la guardería, la profesora les había comentado que iba retrasada en el desarrollo en comparación con el resto de niños de su edad, por lo que era mejor disponer de una valoración médica. La pediatra les había informado de que la detección de casos de autismo se había incrementado considerablemente, hasta el punto de que estaba siendo diagnosticado un niño de cada setenta. Les había tranquilizado el hecho de que les explicase en detalle los diferentes tipos de autismo y que les dijese que, en la mayor parte de los casos, el niño alcanza un desarrollo similar al resto. También habían hablado de las causas que se están investigando como posible origen de la enfermedad, así como el daño que había hecho el Dr. Wakefield[29] relacionando el aumento del autismo con las vacunas, lo que había impulsado los movimientos antivacunas.

29 de abril de 2028 (Montréal, Canadá)

Isabelle se quedó un buen rato admirando el bonsái de arce japonés palmeado. Según el cartel que lo acompañaba, tenía ya setenta y dos años. Las hojas eran de siete puntas y algunas de ellas habían alcanzado un color rosáceo muy llamativo. Parecía mimetizarse con el soporte de mármol sobre el que se apoyaba, de un color similar aunque moteado con puntos negros. Era sorprendente la escasa tierra sobre la que se apoyaba y de la que brotaba un esbelto tronco a partir del cual se desparramaba una cúpula de hojas que se extendía desde su parte superior hasta casi besar la tierra que lo alimentaba. Se concentró durante una fracción de segundo y en la pantalla de su teléfono apareció una página informativa sobre el arce japonés palmeado. Aunque ya llevaba un año usándolo en un programa piloto, todavía se sorprendía de que aquel pequeño chip del tamaño de un grano de arroz colocado debajo de la piel de su nuca detectase sus pensamientos con tanta fiabilidad. Cuando se descubrió que cualquier pensamiento generado en el cerebro acaba inexorablemente siendo trasmitido a través de la médula espinal, resultaba lógico colocar un sensor en la posición de la nuca más cercana a la médula. Este punto se podía determinar con precisión en el momento de la implantación mediante una resonancia magnética. Y desde el sensor integrado en el chip, la neuroseñal detectada se podía transmitir, inalámbricamente, al teléfono móvil que, mediante una aplicación específica, recogía y trataba la señal, transmitiéndola a un servidor a velocidad de un terabit por segundo gracias a la conexión 6G recientemente

---

29 El Dr. Wakefield publicó en 1998 un artículo donde concluía que la vacuna triple vírica que reciben los niños provocaba autismo y enfermedades gastrointestinales. Esta publicación fraudulenta fue retirada, igual que su licencia para ejercer medicina en Reino Unido.

estrenada. Esta velocidad era suficiente para que el programa avanzado de inteligencia artificial que corría sobre el servidor descodificase la neuroseñal y diese una respuesta prácticamente instantánea, en este caso, proporcionando información sobre el bonsái de arce japonés palmeado. Conforme sus ojos se movían leyendo la información de la pantalla, un pequeño sensor óptico integrado en su superficie detectaba el movimiento y la página de información iba desplazándose. En apenas diez segundos, ya sabía que esta rara especie de arce procede de Japón y Corea y que se utiliza en ocasiones para crear bonsáis, como el que en este momento admiraba, y que uno de los más antiguos, de ciento veinte años, se encontraba en el Jardín Botánico de Brooklyn. La próxima vez que fuese a Nueva York no debía olvidarse de ir a verlo. Este pensamiento fluyó a una velocidad de cien metros por segundo hacia su médula espinal, fue captado por el chip y almacenado en su agenda digital, que accionaría una señal de alerta durante el siguiente viaje a Nueva York.

Un instante después su móvil emitió otra señal de alerta, faltaban cinco minutos para su cita. Era extraño que Alice la hubiese citado un sábado en el jardín botánico. Sin duda había una buena razón para ello y estaba ansiosa por descubrirlo. Aunque algo tímida, Alice era una de las empleadas más brillantes de CajalLink, la nueva *start-up* en el campo de las neurotecnologías que había creado con Diego. Siendo diez años más joven que la propia Isabelle, durante la entrevista de trabajo Alice había sobresalido por sus respuestas creativas y directas. En contra del manual estándar de respuestas para entrevistas de trabajo que recomendaba dar una visión edulcorada y optimista de la vida y de uno mismo, Alice había ofrecido respuestas certeras y acordes con una realidad menos amable. Además, sus conocimientos de física y de informática eran sólidos y resultarían de gran valía para los nuevos desarrollos de la empresa. Diego había sido más reticente a la hora de contratarla ya que, inicialmente, le había resultado distante, quizá bordeando la misantropía, pero tras rastrear sus actividades en las redes sociales, donde se mostraba muy activa en una oenegé que ayudaba a la formación educativa en centros penitenciarios, había llegado a la conclusión de que Alice era tan consciente del lado oscuro del ser humano que mejor partir de una actitud defensiva. Isabelle recogió el teléfono en el bolso y se dirigió al cercano jardín japonés, donde estaba citada con ella.

Mientras esperaba, Isabelle vio a una familia de patos cruzar por mitad del lago, con los patitos perfectamente alineados siguiendo a sus progenitores. La imagen dio pie a que Isabelle hiciese un repaso fugaz sobre los años vividos en Montréal junto a Diego y Sophie, que bien podían parecerse a una montaña rusa. Si los primeros años habían sido de gran excitación, con el nacimiento de Sophie y la puesta en marcha de la primera empresa *start-up* que había creado junto a Diego, los siguientes habían sido bastante duros, tanto por los problemas de autismo de su hija como por las dificultades económicas en la empresa, que había entrado en el famoso valle de la muerte de financiación, típico en estas empresas al cabo de tres o cuatro años. Afortunadamente, habían conseguido venderla hacía dos años a una empresa del sector biomédico interesada en la tecnología del habla, y con el dinero obtenido habían creado CajalLink, que comenzaba a tener una proyección importante en el campo de las neurotecnologías. Y además, los problemas de Sophie se habían podido ir reconduciendo y ya no necesitaba clases de apoyo ni terapias específicas.

—La atmósfera es relajante, ¿verdad? —oyó Isabelle a su espalda, reconociendo la voz de Alice y arrancándola de sus pensamientos.

—El mundo debería ser un jardín japonés enorme, creo que nuestra longevidad se duplicaría —respondió Isabelle.

—Tengo el abono anual del jardín botánico, es el lugar de Montréal que más me gusta y vengo casi todos los meses. Me gusta fijarme siempre en las mismas plantas e ir observando los cambios que se producen a lo largo del año.

Isabelle se fijó en el aspecto físico de Alice. Llamándose Alice y siendo pelirroja, el día en el que la conoció no pudo evitar pensar en la película *Siempre Alice*, protagonizada por Julianne Moore. Sin embargo, su estética, con el pelo corto que le cubría parcialmente la cara y el *piercing* en la nariz, difería bastante de la de la afamada actriz pelirroja y la acercaba más a la de Lisbeth Salander, la protagonista de la trilogía *Millenium*. Siempre le había llamado la atención que esa imagen áspera que proyectaba fuera de la empresa se atemperaba en CajalLink, quizá por el uso de las gafas que utilizaba para corregir la hipermetropía y que le daban un indudable aire intelectual. Además, no conocía a nadie más cordial en el envío de correos electrónicos, resultando en su conjunto una personalidad caleidoscópica que no dejaba a nadie indiferente.

—Es un lugar hermoso para pasar una mañana de sábado, pero desde que me citaste aquí, un sábado y fuera de la empresa, estoy preocupada, Alice. ¿Qué ocurre?

—Creo que algo está pasando en CajalLink, creo que es algo importante, pero aún no sé lo que es exactamente.

—Cuéntame lo que sepas. ¿Has hablado de esto con alguien más?

—No. Aparte de socia fundadora, tú eres la persona de la empresa en la que más confío. Seguramente, por ser ambas físicas estamos en la misma longitud de onda. No sé quién puede estar implicado, así que me la voy a jugar contigo. Como sabes, soy muy obsesiva. Llevo tres meses sin poder pensar en otra cosa.

—Me estás empezando a preocupar y mucho. Dime de qué se trata.

—Todo empezó un día en el que realizando una de mis tareas rutinarias, la comprobación de la intensidad de las señales de tu neurosensor, identifiqué una disminución del diez por ciento de la señal. Al principio pensé que algún ruido de fondo estaba interfiriendo y esa era la razón de que el cociente entre la neuroseñal y el ruido de fondo disminuyese. Después de todo, un diez por ciento es muy poco.

—Imagino que pudiste descartar esta posibilidad.

—En efecto, si algo nos enseñan a los físicos es a ser sistemáticos y hacer pruebas de control. Yo había medido la señal de ruido de fondo en tu despacho la semana anterior, antes de observar la disminución de la neuroseñal. Así que volví a medirla en el mismo lugar, y era exactamente igual. Mismo espectro de frecuencias e intensidades, ninguna variación.

—Entonces...

—No soy médico pero creo que es imposible que tu cerebro emita señales con un diez por ciento menos de intensidad de una semana a la siguiente sin haber sufrido ningún accidente cerebrovascular. Si recuerdas, durante unos días te estuve preguntando con mucha frecuencia si todo iba bien, y siempre me respondías usando tu expresión favorita *comme d'hab*[30].

—Sí, ya recuerdo, me llamó la atención, pero lo achaqué a tu personalidad obsesiva. Cuando dejaste de preguntar me resultó liberador.

—Una vez descartados cambios significativos en la señal de ruido de fondo y en tu neuroseñal, empecé a valorar otras posibilidades.

—¿Cuáles, por ejemplo?

—Un deterioro del sensor magnetorresistivo que detecta la neuroseñal.

—Por eso acercaste aquel equipo electrónico a mi nuca hace un mes.

—Correcto. Era el equipo de comprobación del sensor y del chip y resultó que ambos funcionaban perfectamente. Ninguna disminución de su eficacia.

—Pues no veo qué otra posibilidad existe. ¿Quizá hemos cambiado algo últimamente en el *software* del chip que transmite la señal de modo inalámbrico al móvil?

---

30 En francés expresión coloquial para decir 'como siempre'.

—Tampoco. Ninguna actualización en los últimos tres meses.

Isabelle se detuvo enfrente del pabellón que presidía el jardín chino, al que habían llegado paseando sin apenas darse cuenta. La vista era armoniosa, nada parecía colocado al azar. Se concentró un instante y en la pantalla de su teléfono apareció un resumen del origen de su construcción, que se remontaba a 1990. Las miles de piezas que lo componían habían sido construidas en Shanghái y transportadas en ciento veinte contenedores a Montréal, donde habían sido ensambladas por cincuenta artesanos chinos.

—Seguro que tienes alguna teoría —dijo finalmente Isabelle retomando el hilo de la conversación.

—Creo que, de algún modo que aún no logro entender, están robando tus neuroseñales. Están usando ese diez por ciento de intensidad para reconstruir tus neuroseñales.

—Pero... ¿Cómo?... ¿Por qué?

—A esas preguntas todavía no puedo responderte.

—Si quisieran robar mis neuroseñales, ¿no sería más fácil hackear mi móvil?

—Hubiese sido un procedimiento muy burdo y enseguida hubiésemos detectado el *malware* mediante el programa antivirus que corremos periódicamente.

—¿Y por qué no acceder al ordenador central de CajalLink donde se guardan todos mis neurodatos? Hay varias personas en la empresa con claves de acceso.

—Porque hubiese quedado constancia. Como sabes, adoptamos desde el principio el modelo de administración electrónica de Estonia. El mismo dato solo se guarda en un sitio y cada vez que alguien accede a él queda constancia en un fichero. Al final hubiésemos podido seguir esta huella y dar con la persona que roba tus neurodatos.

—No me digas que crees que es alguien de nuestro equipo de CajalLink...

—Lamentablemente, sí. Y juntas vamos a averiguar de quién se trata y por qué. Es importante que nadie más sepa de esta conversación. Ni siquiera Diego. Tenemos que actuar con normalidad.

Nada más decirlo, Alice se arrepintió de haber nombrado explícitamente a Diego. En realidad no tenía ninguna evidencia de que estuviese implicado, aunque tampoco de lo contrario, y quizá había alguna razón de pareja que le había llevado a espiar a su mujer, pero la advertencia había resultado algo brusca. A Isabelle se le desencajó momentáneamente el rostro pero enseguida se recompuso y continuó el análisis.

—¿Y si la persona que roba mis neurodatos los roba todo el tiempo?

—Entonces no habría nada que hacer pues podría reconstruir no solo tu parte de esta conversación, sino todo lo que no has dicho pero has pensado.

—Eso sería horrible.

—Mi teoría es que el neurorrobo se produce en las mismas instalaciones de CajalLink. Es imposible que se pueda interceptar la señal transmitida desde tu móvil vía 6G puesto que está codificada con tecnologías cuánticas.

—Es cierto. Además, tampoco podemos poner en cuestión a la empresa NeuroDeco, que realiza la descodificación de la neuroseñal en sus servidores garantizando que nadie puede acceder a su contenido en tiempo real y que este contenido tampoco se almacena.

—Eso está confirmado por las auditorías a las que se somete NeuroDeco y que son su carta de presentación.

Tras un silencio solo roto por el ruido sordo de fondo del motor que hacía circular el agua por un riachuelo, Alice tomó de nuevo la palabra.

—Isabelle, dame acceso a los expedientes de todos los empleados de CajalLink. A ver si ahí encontramos alguna pista.

—Sabes que no puedo hacerlo, eso violaría la ley de protección de datos.

—Entonces me lo pones difícil para encontrar al culpable.

Isabelle desvió la mirada del rostro de Alice fijándola en el infinito. Su cerebro se fajaba para encontrar una solución creativa y no podía perder recursos en mantener la danza visual con Alice. Unos segundos después, Isabelle buscó de nuevo la mirada de Alice.

—En confianza te diré que tengo previsto cambiar la clave de acceso el próximo martes a las once, por lo que escribiré la contraseña actual en un pósit sobre mi mesa a las diez.

—El próximo martes a las diez, ¿no es la reunión con los inversores del nuevo proyecto?

—Sí, de diez a once. Espero que a nadie le dé por utilizar mi ordenador a esa hora. Tendría una hora para consultar los expedientes y nadie detectaría un acceso fuera de lo común al utilizarse la dirección IP habitual[31].

Isabelle y Alice caminaron hacia la salida del jardín botánico sin decirse nada más. A la salida, junto a la plantación de esbeltos tulipanes rojos, un turista que se daba un aire a Robert Pattinson realizaba unas fotografías. Ambas se fijaron en la belleza de sus facciones. El muchacho resultaba muy, pero que muy atractivo. De repente, el rostro de Isabelle adquirió un rictus de pánico. ¿Y si en este momento alguien estaba registrando su pasajero deseo sexual?

31 La dirección IP es el número que identifica a un ordenador conectado a internet (Internet Protocol).

2 de mayo de 2028, a las 10:00 h (Montréal, Canadá)

Alice se precipitó al despacho de Isabelle y bajó el estor. Se había asegurado de que nadie la viese entrar. Por su parte, Isabelle había anunciado varias veces que estaría ocupada a partir de las diez en la sala de reuniones, así que era poco probable que alguien entrase y se sorprendiese de verla allí. En ese improbable caso, diría que estaba instalando un nuevo programa en el ordenador de Isabelle y esta lo confirmaría. Aunque Alice estaba acostumbrada a trabajar bajo presión, no pudo evitar bloquearse los primeros cinco minutos, en los que apenas consiguió encontrar la carpeta de los expedientes de los empleados de CajalLink. El siguiente paso era un salto al vacío, ¿qué debería buscar?

Los cuatro primeros expedientes habían resultado anodinos. «Igual que las personas que describen —pensó Alice—. ¿Y si en lugar de un malo, en CajalLink hay una mente febril que es la mía?». De repente, algo en el quinto expediente consultado atrajo toda su atención. Estaba escrito en negrita y decía NeuroDeco. Una intensa zozobra sacudió todo su cuerpo. Era un compañero muy eficiente en su trabajo, pero algo oscuro y, en exceso, políticamente correcto. Seguramente había creado un mecanismo de defensa perfectamente estudiado. «Pero toda defensa tiene algún punto vulnerable y yo lo encontraré», se dijo Alice sin que saliese una palabra de su boca pero resonando el mensaje con fuerza en su interior.

28 de mayo de 2028, a las 11:00 h (Québec, Canadá)

Eran solo las once de la mañana, y el intenso calor ya se hacía notar. Descendieron del autobús y se aproximaron a la entrada de la cascada de Montmorency. Este año la excursión anual de CajalLink incluía una visita a la cascada y un pequeño crucero por el río San Lorenzo partiendo del puerto de la ciudad de Québec, próximo a las cascadas. Alice no dejaba de observar a Isabelle, intentando deducir su estado de ánimo a partir de su lenguaje corporal. La propia Alice intentaba mantener la calma, pero ya había vomitado antes de salir de casa. Enseguida tendría que empezar a poner en práctica el plan urdido junto a Isabelle.

Thomas estaba en su punto de mira. No podía tratarse de una coincidencia, aunque siempre cabía una pequeña posibilidad de estar equivocadas y ponerse en ridículo. La primera semana apenas había podido dormir intentando averiguar cómo podría estar Thomas realizando el neurorrobo. Este era el punto clave, pues una vez fuese capaz de conseguir los neurodatos de Isabelle, probablemente sería solo cuestión de utilizar los conocimientos adquiridos en su trabajo previo en NeuroDeco para descodificar la señal. A la tercera noche de insomnio dio con un dato importante: la mesa de trabajo de Thomas estaba justo encima de la de Isabelle, en el piso superior pero exactamente en la misma posición. Desde el chip o el teléfono móvil de Isabelle, apenas había tres metros en línea recta al lugar de trabajo de Thomas. A una distancia tan corta, la intensidad de la señal interceptada apenas decaería. Sin embargo, Isabelle le había asegurado que en el diseño del chip habían tenido en cuenta que la emisión de la señal no fuese igual en todas las direcciones, sino que estuviese enfocada hacia el móvil. Antes de realizar una emisión de datos, primero se determinaba la posición exacta del teléfono y luego se iniciaba esta. Por lo tanto, quedaba descartado el robo de los neurodatos durante su transferencia desde el chip implantado en la nuca de Isabelle hacia su móvil. Esto solo dejaba una posibilidad, así que envió un mensaje a Isabelle y se citó con ella en el baño de CajalLink pidiéndole que le dejara examinar su móvil. Una luz generosa bañaba la estancia. Alice examinaba el teléfono con su mente analítica intentando encontrar algo fuera de lo normal. De repente, en uno de los giros se extrañó al ver que su rostro se reflejaba ligeramente en la pantalla. Fijó la posición del teléfono. Se trataba de un reflejo muy poco intenso, pero estaba allí. Guiñó un ojo y pudo distinguir que el rostro de la pantalla también lo guiñaba. Examinó el teléfono más de cerca. Un detalle casi imperceptible llamó su atención. El plástico protector de la pantalla era doble. Una vez confirmó con Isabelle que solo debería haber una lámina de plástico, le pidió que cortase un pequeño cuadrado de una esquina y se lo diese, y continuó con su actividad como si no pasase nada. Dos semanas después, el servicio de microscopía electrónica de la Universidad McGill en Montréal había confirmado, gracias a sus microscopios de electrones e iones, que el aparentemente inofensivo plástico contenía en su interior una fina capa metálica de cien nanómetros de grosor capaz de reflejar un diez por ciento de la intensidad de una señal electromagnética en el rango de los gigahertzios, la frecuencia de trabajo en la transmisión de la señal inalámbrica desde el chip de Isabelle al teléfono.

A pesar de las mariposas en el estómago, Alice pudo observar la majestuosidad de la cascada que tenía enfrente. Había visto fotos de la cascada en invierno, cuando se hiela el agua y el lugar se utiliza para practicar escalada sobre hielo. Ahora, en primavera, un caudal de agua impresionante se desparramaba a lo largo de sus ochenta y tres metros de altura, treinta más que las famosas cataratas del Niágara. Tomaron el teleférico y ascendieron a la parte superior del parque. Aunque ya la había visitado en una ocasión con el colegio y en otra con sus padres, hasta ese momento no se había apercibido de la majestuosidad de la caída, por lo que en el trayecto aprovechó para recabar más información a través de su teléfono móvil. Leyó que el nombre del río, que desemboca en el río San Lorenzo, y el de la cascada, se tomaron del virrey de Nueva Francia en el siglo XVII, de nombre Enrique II de Montmorency quien, paradojas del destino, nunca visitó América y encima murió decapitado en Toulouse. Encontró también el dato curioso de que el lecho sobre el que cae el agua tiene una profundidad de diecisiete metros que sumados a los ochenta y tres de la caída dan el valor redondo de cien. El puente colgante, fabricado con una sólida estructura de hierro, tiene una longitud de ciento treinta y cinco metros y una anchura de alrededor de los dos metros, lo que permite el tránsito en ambas direcciones. Al aproximarse al punto final de llegada del teleférico, se apreciaba una curiosa vista lateral de la cascada. El tremendo impacto del agua sobre el lecho creaba una zona de espuma sobre este de una longitud aproximada de la mitad de la caída, formando el conjunto una letra «L» casi perfecta, en cuya punta se formaba un arco iris danzante que hipnotizaba al visitante.

Una vez llegaron todos, emprendieron el camino que llevaba al puente colgante, desde el que se podía admirar la caída de agua en toda su majestuosidad y, al fondo, la bella ciudad de Québec, la única ciudad amurallada de Norteamérica. Entraron en el puente siguiendo el plan previsto, con Alice e Isabelle delante y detrás de Thomas, respectivamente. El ruido empezaba a ser muy intenso, tal y como habían previsto para que nadie más pudiese oírlos. Alice se giró de repente y se colocó enfrente de Thomas, cuyos músculos se tensaron, adquiriendo su rostro una rigidez muy visible.

—Thomas, nunca me has contado en qué empresa trabajaste antes de fichar por CajalLink —le dijo Alice de sopetón mientras este veía de refilón a Isabelle llegando a su altura por detrás.

—Trabajé en NeuroDeco, ¿por qué lo preguntas? —contestó Thomas sabiendo que Isabelle ya conocía esa información y no podía mentir.

—Querría rendir pleitesía a la persona que desarrolló el algoritmo con el que se interpretan las neuroseñales de Isabelle —intervino Alice.

—¿Quién te ha dado esa falsa información? —preguntó Thomas comenzando a sentirse acorralado, pero consciente de que, oficialmente, esa no había sido su responsabilidad.

—Sé que tú no desarrollaste el algoritmo que actualmente usa NeuroDeco para tratar los neurodatos de Isabelle, pero sé que habías comenzado a trabajar en una versión avanzada del algoritmo y abandonaste NeuroDeco cuando el *software* todavía estaba en la fase beta de desarrollo —le respondió Alice con rabia, mirándolo fijamente a los ojos.

—Esa información, de ser cierta, sería confidencial, no puedo continuar esta conversación —cortó Thomas esperando que esta respuesta diese por concluido el interrogatorio.

—He hablado con el director de NeuroDeco y me ha confirmado esta información —aseguró sorpresivamente Isabelle al ver que la conversación podía llevarlos a un callejón sin salida.

—¿Y por qué debería afectar mi antiguo trabajo al actual? —replicó Thomas al verse acosado por su jefa.

—Sabemos que alguien de nuestra empresa está robando los neurodatos de Isabelle. Y tú eres el único con conocimiento para descodificarlos —le espetó Alice jugándose el todo por el todo.

—Podría ser cualquiera, no tienes ninguna prueba para acusarme —se defendió Thomas.

—Si no tienes nada que ocultar, deja que inspeccionemos tu teléfono móvil —lo retó Alice acercándose aún más a Thomas quien, instintivamente, apretó con fuerza el móvil entre sus dedos.

—Si no nos dejas inspeccionar tu teléfono, iré a la policía a poner una denuncia y tu carrera se habrá acabado, nadie más te volverá a contratar —lo amenazó Isabelle.

—No voy a exponer mi vida privada ante dos chismosas como vosotras —contestó Thomas haciendo un movimiento rápido y arrojando el teléfono a la inmensa cascada que se abría a sus pies.

—¡Cabrón! ¡Estás despedido! Ni se te ocurra aparecer el lunes en CajalLink, te mandaremos tus cosas por mensajería —acertó a decir Isabelle en su desolación compartida con una Alice que se había quedado paralizada al ver cómo se volatilizaba la única prueba que podía ser incriminatoria.

Thomas se dio la vuelta para deshacer el camino hacia el teleférico y pasó sin decir nada por delante de su compañero de despacho, Jiyu, quién había contemplado el final de la escena con expresión atónita.

28 de mayo de 2028, a las 17:00 h (Québec, Canadá)

Aunque el enfrentamiento de la mañana había sido estresante, Thomas disfrutaba de una postura bastante relajada en el asiento del autobús que lo conducía de vuelta a Montréal. Se había preparado con minuciosidad para la situación, que sabía llegaría en algún momento. Era tan divertido analizar los pensamientos de Isabelle, que su mayor ilusión cada día de trabajo era regresar a casa, conectar su teléfono móvil al ordenador para descargar el fichero donde se almacenaban los neurodatos, y correr el programa que había desarrollado en NeuroDeco para descodificarlos. Era magia pura.

Podía detectar cada pensamiento, cada sentimiento, cada frase que había pronunciado Isabelle mientras estaba en su mesa de trabajo. Se sentía poderoso, se sentía un Gran Hermano 2.0, se sentía Dios. Saber lo que Isabelle pensaba realmente de cada uno de los empleados de la empresa y de su marido Diego, saber si ese día se había sentido eufórica o decaída, cuántas veces había sentido excitación sexual, lo que compraría por la tarde en el supermercado, sus anhelos, sus fantasmas... Y lo que más les interesaba a sus socios, como él los llamaba: las nuevas ideas en el campo de la neurotecnología que en un futuro darían lugar a nuevos productos. «¿Había más poder que este?», se preguntó Thomas.

Hasta tal punto se había enganchado que los fines de semana se sentía vacío, y la única razón para no deprimirse era saber que el lunes estaba a la vuelta de la esquina. Así que, cuando a principios de mayo empezó a detectar en Isabelle señales de angustia cada vez que pensaba en el chip implantado en su nuca, se temió que podía estar sospechando lo que pasaba. El análisis de los neurodatos de los últimos días no dejaban lugar a ninguna duda de que lo habían descubierto. Cada vez que se habían visto en CajalLink, se había generado en Isabelle un pensamiento de rabia o de odio hacia él. Además, había averiguado el mecanismo del robo de datos, puesto que, salvo cuando necesitaba usar el móvil, el resto del tiempo lo mantenía dentro de un bolso, alejado de la zona de cobertura inalámbrica del chip.

Con tantos días para concebir un plan de defensa, no le extrañaba que hubiera salido tan bien. Le había costado un buen dinero adquirir otro teléfono móvil idéntico al suyo, aunque, por supuesto, sin tarjeta SIM, y le había dolido tener que arrojarlo desde el puente, pero no le habían dejado alternativa. Tal y como había previsto si el enfrentamiento tenía lugar durante la excursión, tomó un taxi a la cercana Québec y, durante el trayecto, reservó una plaza en el siguiente autobús a Montréal mediante la aplicación del transporte público de la región. Aún tuvo tiempo para dar una vuelta por el centro, hacer alguna compra y admirar, durante unos minutos, el fresco de Québec, que ocupaba toda una fachada de un edificio en Place Royal. Según se informaba en el tablón turístico, se trataba de un trampantojo de 1999 que incluía los personajes históricos más destacados de la ciudad de Québec. No pudo evitar pensar que el fresco era tan falso como él. Y sonrió satisfecho de sí mismo.

29 de mayo de 2028, a las 10:00 h (Pekín, China)

A casi diez mil quinientos kilómetros de distancia al oeste de Montréal, el director de la pujante empresa HèChip[32] recibió el informe de su secretaria en un sobre cerrado, lo leyó, e inmediatamente lo destruyó. Era evidente que no era la mejor manera de empezar la semana, pero al menos el asunto no pasaría a mayores. Hubiera sido muy arriesgado que la dueña de CajalLink hubiera presentado una denuncia ante la policía y que hubiesen interrogado a Thomas. Según había leído en el informe, nada más haber presenciado la escena sobre la cascada de Montmorency, el topo que la organización tenía en CajalLink había enviado un mensaje a la central de Toronto, desde donde se había enviado un agente a Montréal. Cuando Thomas abrió la puerta de su domicilio en torno a las nueve de la noche, el agente le propinó un empujón hacia el interior y sin mediar palabra le cortó el cuello con un cuchillo de tamaño medio y bien afilado. Por lo menos no sufrió; era lo que él siempre pedía para evitar sus pesadillas nocturnas. Se había seguido el procedimiento habitual desordenando los cajones, robando el teléfono móvil y el ordenador, y dejando unos gramos de cocaína en el bolsillo de Thomas.

El asunto parecía bien resuelto, así que Zhiming se asomó por el ventanal de su despacho y empezó a planificar el resto del día. En vista de la nube de contaminación que se podía apreciar desde su privilegiada posición, la calidad del aire de la ciudad sería un día más pésima, así que descartó el *running* de la tarde. Un poco de *spinning* en el

32 En chino, Hè significa 'grulla'.

gimnasio sería lo mejor. A continuación, Zhiming se sentó delante del ordenador, abrió el fichero Excel que contenía el listado de las cien empresas más relevantes del mundo en el campo de las neurotecnologías, y consultó la columna de la derecha, que contenía los nombres del ingeniero y del topo que habían conseguido infiltrar en cada empresa. Por supuesto, el ingeniero, al que se lubricaba con una cuantiosa compensación económica, nunca sabía de la existencia de un topo, cuya labor de vigilancia era clave. La columna acababa en la posición cuarenta; era todo el personal del que disponía para esta labor. Seguramente era muy arriesgado que Jiyu continuase trabajando en CajalLink por si la investigación policial llegaba más lejos, así que eliminó su nombre de la columna diecisiete y lo añadió en la columna cuarenta y uno. Con su dilata experiencia en las empresas del sector, no tendría problema en ser contratado. Borró el nombre de Thomas. Ahora tendría que encontrar otro ingeniero al que sobornar, labor tediosa que llevaría al menos varias semanas de trabajo. Afortunadamente, la labor de espionaje de Thomas no había sido en balde. Lo que le resultaba más prometedor era la posibilidad de la tecnología de CajalLink de detectar los pensamientos mediante un chip y transformarlos en una orden que se ejecutaba sobre el teléfono móvil. Ahora que contaban con una copia del diseño del neurochip, seguro que podrían encontrarle usos de gran valor económico. Procedió a enviar un mensaje a sus empleados más relevantes mediante WeChat y los citó para una reunión de estrategia al día siguiente. Se sentía eufórico, así que cambió su foto de perfil de la aplicación de mensajería. El fénix, la soberana de las aves y símbolo de buen augurio, representaba a la perfección su estado de ánimo.

Capítulo 8

13 de marzo de 2033 (Singapur)

Diego observó atentamente los rápidos movimientos del camarero. Tras ponerse los guantes para no clavarse las espinas del caparazón, colocó el durián con el tallo hacia un lado y lo cortó. A continuación, introdujo el cuchillo por una de las grietas de la fruta y la abrió en dos mitades. Extrajo una a una las vainas amarillentas y quitó las semillas, que mostraban un color marronáceo. Colocó en un plato una de las vainas, de aspecto pulposo, añadió una cucharada de arroz, y vertió encima un poco de leche de coco. En ese momento, sintió el conocido olor penetrante de la fruta, perturbando no solo su sentido del olfato sino todos ellos al unísono. Lo invadió una sensación de mareo que provocó las risas de Isabelle y Sophie desde las hamacas. Después de todo, no iba a resultar tan fácil ganarles la apuesta. El durián, cuyo sabor era tan apreciado en ciertas zonas de Asia, tenía fama de ser la fruta más pestilente del mundo, y por ello estaba prohibida en ciertos lugares públicos como los aeropuertos. Aguantándose las ganas de vomitar, cogió el plato y se acercó hacia las hamacas, esquivando uno de los pavos reales que rondaban el lugar. Mientras Sophie sacaba su teléfono móvil para grabar un video, Isabelle no dejaba de reír. Diego se sentó en su hamaca, cogió un pedazo de la fruta, teóricamente afrodisiaca, la mojó en la leche de coco, cerró los ojos, y se la tragó. Abrió los ojos y miró a Isabelle sonriendo durante un instante para, a continuación, salir disparado hacia la orilla de la playa y expulsar aquella ambrosía de los dioses, o más bien del demonio. Tras la humillante derrota, volvió hacia las hamacas intentando recuperar su dignidad perdida.

—Ha sido una gran idea venir a la playa de Palawan, ¿verdad? —preguntó Isabelle en tono jocoso.

—Sin duda la isla de Sentosa merece un abono anual —respondió Diego siguiéndole el juego.

—Papá, ¿puedo compartir con mis amigas el video? —consultó Sophie entusiasmada por lo popular que este le haría.

—Ni se te ocurra o te desheredo —contestó Diego.

—Si ya se ha acabado la diversión, entonces me voy a dar un baño —anunció Sophie.

A punto de cumplir doce años, Sophie estaba en pleno proceso de transformación, tanto de su cuerpo como de su mente. Sus comienzos difíciles en el colegio, con dificultades para relacionarse con otros niños y acomodarse a las pautas sociales, habían quedado ya atrás, pero ahora se encontraba inmersa en otro periodo difícil en el que tenía que romper amarras con sus creencias infantiles y gestar un universo adulto propio. Para un adolescente, alteraciones tan intensas como un cambio en el lugar de residencia podían tener un efecto devastador o, por el contrario, hacerle madurar muy rápidamente desde el punto de vista personal.

—Parece que se ha adaptado bien al cambio, la veo feliz —comentó Isabelle mientras veía a Sophie alejarse.

—Yo incluso diría que el ambiente de la escuela Raffles le está beneficiando.

La Escuela Raffles era la más antigua de enseñanza secundaria, creada en 1823 por el mismísimo Stamford Raffles, solo cuatro años después de fundar la colonia británica de Singapur. El prestigio de la Escuela Raffles era enorme, con un programa de altas capacidades que atraía, incluso, a estudiantes extranjeros. El lema del colegio: «Cada niño importa y lo ayudamos a desarrollar todas sus capacidades» se tomaba muy en serio. Recientemente, había sufrido una reestructuración, creándose un colegio mixto fruto de la fusión de los dos anteriores con segregación por sexo y había ampliado su oferta a la enseñanza primaria.

—Ya ves, el temor a que ella no se adaptase al nuevo entorno era nuestro mayor freno para trasladar CajalLink a Singapur, y ahora es lo que menos nos preocupa —dijo Diego.

—¿Crees que mañana conseguiremos de los inversores de Toronto los veinte millones de dólares que necesitamos?

—He estudiado en detalle su empresa de inversión. Sus planes de actuación son trianuales y ahora están empezando un nuevo ciclo. Para ellos, es el momento de invertir en nuevos proyectos. En mi presentación les mostraré que, según nuestras expectativas, dentro de tres años, su inversión se duplicará. Y, además, todo ello libre de impuestos, puesto que, en el acuerdo que les vamos a proponer, ellos pasarán a tener un porcentaje importante de las acciones de CajalLink y dentro de tres años se efectuaría un suculento reparto de dividendos a los accionistas, dividendos libres de impuestos en Singapur.

—Tiene gracia incorporar inversión canadiense, teniendo en cuenta que hemos tenido que mover la sede de CajalLink a Singapur por miedo a incumplir la restrictiva ley de Canadá sobre protección de datos en nuestros nuevos desarrollos. Lo que me da más miedo es que vamos a perder el control efectivo de CajalLink puesto que dejaremos de tener la mayoría en el consejo de administración.

Como suele ocurrir en la mayor parte de las nuevas empresas de base tecnológica que desean crecer y desarrollar productos más ambiciosos, CajalLink había necesitado hacía dos años incorporar nuevos inversores. El proceso había sido bastante natural porque los dueños de la empresa NeuroDeco habían estado interesados en comprar un tercio de las acciones por un millón de dólares. Había sido beneficioso para ambas partes, ya que de esta manera Isabelle y Diego seguían conservando la mayoría accionarial y, por otro lado, los propietarios de NeuroDeco, que conocían bien la tecnología, se aseguraban un cuantioso beneficio una vez comenzase la comercialización masiva de productos. Además, gracias a esta alianza, las tecnologías de CajalLink y de NeuroDeco se habían integrado en el mismo chip y no era necesario conectarse inalámbricamente a un servidor para descodificar las señales neuronales. Toda la información quedaba almacenada en el interior del chip situado debajo de la piel, estando así bien protegida y siendo transferida, inalámbricamente, solo cuando era necesario. De este modo, se reducía enormemente el consumo energético del chip y este se podía fabricar aún más pequeño.

—Comparto tu temor, puesto que ahora necesitaremos tener el apoyo de NeuroDeco o de los nuevos inversores para ganar las hipotéticas votaciones del consejo de administración, pero el salto que podría dar CajalLink es inmenso. Nuestra tecnología podría conseguir la supremacía a nivel mundial en el campo de la seguridad. Los pasos del proyecto están bien pensados y creo que la idea va a resultar fascinante a los inversores. ¿Puedo ensayar de nuevo la argumentación que utilizaré en la reunión de mañana?

—Claro, adelante.

Diego bebió un sorbo de su botella de Tiger, la cerveza singapurense que el año anterior se había convertido en centenaria. Cerró los ojos durante unos segundos y, a continuación, comenzó a ensayar su presentación:

—Primero, usaremos diez millones de dólares para adquirir la tecnología de DigitalFace, que permite grabar los gestos faciales y traducirlos de modo instantáneo a un vector numérico que refleja el nivel de activación de cada uno de los músculos de la cara. A continuación, durante un curso, grabaremos en una clase de enseñanza secundaria los gestos faciales de todos los niños con la ayuda de las cámaras que instalaremos. Y, simultáneamente, leeremos mediante el neurochip que insertaremos en la nuca de todos los niños los impulsos nerviosos emitidos por el cerebro, que se descodificarán casi instantáneamente y se traducirán en pensamientos que quedarán grabados. De esta forma, una vez analicemos conjuntamente los datos de los gestos faciales y los pensamientos, podremos asociar para cada niño un gesto facial determinado a cada uno de sus pensamientos. Esta fase tendrá un coste de seis millones. En el siguiente paso utilizaremos un programa de inteligencia artificial para obtener el gesto facial promedio que corresponde a cada tipo de pensamiento. El desarrollo de este programa costará otros dos millones. La última fase del proyecto consistirá en probarlo en un entorno donde la seguridad es crítica, el aeropuerto de Singapur, siendo el coste estimado de otros dos millones. Así, dentro de dos años tendríamos la tecnología lista para venderla a nivel mundial. En el año siguiente, podríamos implantar la tecnología en aproximadamente veinte aeropuertos, cobrando dos millones por instalación. Gracias al superordenador para tratamiento de datos que instalaremos en la sala de neurocontrol del aeropuerto, seremos capaces de registrar, en tiempo real, los pensamientos de todos los visitantes del aeropuerto simplemente a través de sus gestos faciales, y de ese modo la seguridad del aeropuerto estará garantizada.

Diego tomó un poco de aire mientras Isabelle asentía satisfecha del hilo argumental que había seguido. A continuación, Isabelle intentó prepararlo para la conversación posterior que tendría lugar al día siguiente.

—Seguramente, mañana en la reunión nos preguntarán sobre los problemas asociados a un potencial uso indebido de la información obtenida.

—Sí. Mañana dejaré muy claro a los inversores que en el *software* que diseñaremos saltará una señal de alarma si se detecta que una persona va a cometer un hecho delictivo, pero el resto de la información no ligada a la señal de alarma será confidencial y quedará encriptada y almacenada en una memoria que se trasladará, periódicamente, a un notario. Solo el notario tendrá la clave de desencriptación, ni siquiera nosotros la conoceremos, por lo que nunca se podrá acceder a la información salvo mediante requerimiento judicial. Esto nos blinda frente a posibles demandas judiciales. Aunque la normativa sobre privacidad en Singapur es laxa, nunca se sabe lo que podría suceder en un juicio si no tomamos este tipo de precauciones.

Isabelle concluyó que la respuesta había sido suficientemente convincente, por lo que cambió de tema.

—Ha sido una suerte que la hija del director del aeropuerto de Singapur vaya a la misma clase que Sophie y apoye que el test crítico se lleve a cabo en sus instalaciones.

—Sí. Lo cierto es que cuando decidimos trasladar CajalLink a Singapur, el resto de las piezas del puzle estaban ya encajadas: una legislación permisiva en materia de protección de datos, la simplificación en los trámites para la creación de empresas, el sistema fiscal tan favorable para nuevas inversiones, el entorno científico-tecnológico tan dinámico, el uso del inglés como lengua franca de comunicación, y un sistema político-social estable y próspero. Solo nos faltaba ajustar la última pieza: el lugar donde realizaríamos el test crítico. Fue un acierto tu sugerencia para escolarizar a Sophie en la Escuela Raffles y que allí coincidiésemos con el director del aeropuerto.

—Dale las gracias a AISchool. A estas alturas, y visto el resultado, creo que puedo confesarte que usé los servicios de esta empresa de inteligencia artificial especializada en selección de colegios —reconoció Isabelle mientras sus pómulos adquirían un color rosa intenso.

—Después de todos estos años, todavía sigues sorprendiéndome —le contestó Diego, mitad divertido mitad escandalizado.

—Si crees en algo, no debería importarte aplicarlo a lo que más quieres, tu propia familia.

—¿Tienes idea de qué parámetros utiliza AISchool en su algoritmo?

—Por supuesto, nada es oficial. Pero leí un artículo que trataba el tema de las nuevas aplicaciones para selección de colegios y mencionaba los parámetros que suelen utilizar, aunque no especificaba el peso que se daba a cada uno de ellos. Algunos de los parámetros que se consideraban eran las clasificaciones de los colegios en diversos *rankings* públicos, la renta media estimada de las familias, el número de altos cargos de la Administración y ejecutivos de grandes corporaciones que habían pasado por sus aulas, y el grado de conflictividad estimado a partir de las denuncias oficiales por acoso escolar.

—Seguro que hay, además, otros parámetros ocultos e inconfesables que se tienen en cuenta.

—Nunca lo sabremos. Ya sabes que vivimos en la dictadura de los algoritmos de inteligencia artificial. Hemos pasado de la fórmula secreta de la Coca Cola encerrada en una caja fuerte en Atlanta a los algoritmos secretos encerrados en servidores en Alaska a los que solo se accede mediante un protocolo de encriptación cuántica.

—Yo pensaba que habías elegido la Escuela Raffles por los excelentes resultados de sus egresados en el examen de acceso a la Universidad, aunque imagino que en Singapur ocurre como en el resto del mundo, que la correlación entre la nota de un examen y el éxito social no es tan alta e influyen muchos parámetros en los que solo la inteligencia artificial puede bucear.

14 de marzo de 2033 (Singapur)

Diego invitó a Robert y Emily, los representantes de los inversores, a sentarse en el lado de la mesa con vistas al hotel Marina Bay Sands. El hotel, situado en un lugar privilegiado de la bahía, consistía en tres enormes bloques rectilíneos construidos a escasa distancia entre sí. Sin nada más, resultaría un hotel entre práctico y feo. Sin embargo, de modo inverosímil, una estructura alargada en forma de lombriz, que simulaba un barco, conectaba el tejado de los tres bloques, dejando suspendidas varias partes del mismo. El efecto visual era impactante pues, a pesar de que la lombriz era un elemento secundario para la funcionalidad del edificio, en el córtex visual del observador se creaba la impresión de que la lombriz era el elemento central del edificio y los tres bloques el elemento accesorio cuyo única función era dar soporte al barco. El espectador tenía la impresión de estar viendo un barco flotante; simplemente, una idea genial. Aunque el alquiler de la oficina era caro, la impresión que causaba en los interlocutores era evidente, así que podía considerarse una buena inversión. De espaldas al generoso ventanal, junto a él, se sentó Isabelle.

—¡Guau!, no es lo mismo ver una foto en internet que tenerlo en frente —dijo Robert—. El arquitecto que diseñó la parte superior del hotel en forma de barco tuvo agallas.

—Fue Moshe Safdie, un arquitecto israelí-canadiense, no sé si conocéis su trabajo. En Montréal, en la orilla del río San Lorenzo, diseñó un edificio de apartamentos muy conocido, Habitat 67. Es uno de los edificios icónicos de la Expo de 1967, cuyo lema fue «El hombre y su mundo», nombre tomado de un libro autobiográfico de Antoine de Saint-Exupéry.

—Sí, claro, escribió un libro para niños hace casi un siglo. *El Principito*, ¿verdad? —dijo Emily.

—Sí. Aquí tenemos otra conexión interesante entre Montréal y Singapur. Si habéis leído el libro, recordaréis que el protagonista tenía aversión a los baobabs, pues pensaba que todo su planeta estaba sembrado de semillas de baobabs, cuyas raíces son muy agresivas, y que si un día crecían todos a la vez destruirían su planeta. Pues si vais al Jardín Botánico de Singapur veréis una colección impresionante de baobabs, provenientes de Africa y de Australia. Junto a ellos, hay varios palos borrachos, sus primos lejanos de Sudamérica.

—Lástima que tomemos el avión de vuelta mañana a primera hora. Aunque si cerramos este acuerdo, habrá nuevas ocasiones para visitarlo.

Durante algo más de media hora, Diego hizo una exposición brillante sobre los logros pasados de CajalLink y sobre el proyecto que había motivado la reunión. Desgranó con sumo cuidado todos los detalles técnicos importantes para convencer a los inversores de que las tecnologías que querían fusionar estaban suficientemente maduras y de que el beneficio empresarial era muy probable y suculento. Cuando finalizó su intervención, cedió la palabra a los inversores. Su corazón incrementó el ritmo de bombeo de sangre y sus sentidos se activaron al máximo nivel.

—¡Impresionante! Nos estáis ofreciendo el futuro de la seguridad en bandeja de plata. No cabe duda de que, si vuestra tecnología funciona, CajalLink revolucionará el mercado de la seguridad —celebró Emily.

—Eso creemos —aseguró Diego bajo una fuerte excitación ante el comentario tan positivo, aunque imaginándose que el debate importante vendría a continuación.

—Como podéis imaginar, si hemos venido desde Canadá es porque estamos interesados en el proyecto —continuó Robert—. Aunque como bien sabéis, el diablo está en los detalles, y antes de firmar un acuerdo queremos atar todos los cabos.

Después de tantos años en el mundo empresarial, Diego estaba ya acostumbrado a la actuación poli bueno y poli malo que se da tan frecuentemente en una negociación de este tipo, por lo que se preparó para encajar la primera embestida.

—¿Cuáles son las bases científicas que prueban que es posible relacionar un gesto facial y un pensamiento? Nadie ha conseguido desentrañar todavía lo que estaba pensando la Gioconda cuando la pintó Leonardo da Vinci —lo provocó Robert.

—Podríamos hablar largo y tendido sobre la interpretación de los gestos faciales en la pintura, pero por centrar la discusión desde un punto de vista científico nos remontaremos a Charles Darwin. En 1872 publicó el libro *La expresión de las emociones en el hombre y los animales*, donde describió una serie de estudios que demostraban que seres de la misma especie, tanto humanos como animales, expresan similares estados mentales con los mismos gestos y movimientos, incluidos los de los músculos de la cara. Darwin pensaba que las expresiones faciales eran ventajas evolutivas. Casi un siglo después, Paul Ekman retomó estos estudios, concluyendo que las microexpresiones de los músculos faciales reflejaban el estado emocional de la persona. Las microexpresiones son movimientos pequeños y que duran una fracción de segundo. Incluso llegó a viajar a Papúa Nueva Guinea para estudiar a una comunidad aislada, observando el mismo tipo de expresiones para los mismos sentimientos. De vuelta, obtuvo un puesto en la Universidad de California, y ahí consiguió asociar a las expresiones faciales sentimientos tales como enfado, miedo, tristeza, asco, felicidad, sorpresa, desprecio… Estos estudios han sido controvertidos porque, posteriormente, otros investigadores encontraron diferencias entre razas a la hora de expresar algunos de estos sentimientos. Aún así, Ekman, junto a su equipo de colaboradores, logró desarrollar herramientas para la detección de mentiras o de personas sospechosas en estaciones y aeropuertos. Hubo empresas como DigitalFace que surgieron al albur de estas ideas, vendiendo a grandes corporaciones aplicaciones de selección de personal o de anuncios publicitarios basándose en las microexpresiones faciales. Estos microgestos pueden ser sutiles y durar unos microsegundos, pero es posible registrarlos.

—Sensacional —admitió Robert—. Sin embargo, la tecnología de reconocimiento facial lleva unos años de capa caída por los errores cometidos, por el uso que de ella pueden hacer gobiernos autoritarios, y por la falta de objetividad de los algoritmos de inteligencia artificial, que perjudican a ciertos grupos étnicos.

—El grado de acierto de estas aplicaciones siempre ha estado en cuestión —continuó Diego—. Incorporando la tecnología de DigitalFace a la de CajalLink, nosotros podremos determinar, perfectamente, la relación entre un gesto y un pensamiento, sin ambages, acabando con los errores. Además, al ser Singapur un lugar con mezcla de culturas, podremos precisar el vínculo entre ambos para personas de diferentes tradiciones culturales. Desde ese momento, seremos la única compañía en el mundo capaz de ofrecer seguridad absoluta, pues conoceremos con certeza los pensamientos reales de individuos de varias razas y culturas a partir de simples imágenes de sus caras. En tiempo real, nuestra tecnología integrada hará una foto de alta resolución de la cara de la persona seleccionada, se conectará con la base de datos de la policía y mediante el algoritmo cuántico de Grover encontrará, de modo casi instantáneo, una foto suya, con expresión neutra. Así, podrá analizar las diferencias entre ambas fotos de todos los músculos faciales para dar como respuesta sus pensamientos y su estado mental en ese momento. Cuando estos pensamientos supongan una amenaza, saltará una alarma.

—¡Fascinante! ¿Qué nos puedes decir respecto al uso ético de esta tecnología? Lo último a lo que querríamos enfrentarnos es a una demanda judicial.

Isabelle hizo una mueca de satisfacción mientras Diego repetía la argumentación que habían ensayado el día anterior. A continuación, fue Emily quien tomó la palabra.

—Como os podéis imaginar, hemos indagado en el pasado de CajalLink para asegurarnos de que la empresa está completamente limpia.

Diego no pudo evitar el movimiento repetitivo de su pierna derecha que, aunque imperceptible para él, llamó la atención de Robert, muy atento a su lenguaje corporal. Emily continuó su intervención.

—Hemos averiguado que hace cinco años, cuando CajalLink estaba emplazada en Montréal, un empleado fue asesinado pero nunca se encontró al culpable. ¿Hay alguna información adicional que podáis aportarnos?

«Esta pregunta no la habíamos previsto», se dijo Isabelle sintiendo un ligero pinchazo en la parte derecha de su abdomen, como siempre que estaba alterada. Se preguntaba si la respuesta de Diego sería totalmente franca.

—Oficialmente, según la policía, fue un asalto por robo y quizá un ajuste de cuentas. En su apartamento se encontraron algunas drogas y se sustrajeron ciertos objetos, por lo que se concluyó que Thomas llevaba una vida paralela nada recomendable. Sin embargo, ese mismo día nosotros lo habíamos despedido por sustracción de información confidencial de la empresa para su uso personal. Nunca supimos si era un simple entrometido o si, en realidad, se trataba de un caso de espionaje industrial para comerciar con dicha información.

Aunque a nosotros siempre nos pareció demasiada casualidad que el mismo día sucedieran ambas cosas, nunca se pudo demostrar nada.

Afortunadamente, Diego había sido sincero. El marido de Emily trabajaba en la policía de Toronto y había tenido acceso al expediente del suceso, que aportaba la misma información que Diego había mencionado. Emily, satisfecha, apoyó la espalda en el respaldo de la silla y fue Robert quien inclinándose hacia delante, retomó la conversación.

—Cambiando de tema, en el informe que nos habíais enviado con antelación, se menciona la edad de los niños que formarán parte del estudio pero sin justificarla. Tampoco se menciona cómo se convencerá a los padres para que permitan su participación.

—Efectivamente, se trata de dos puntos importantes —respondió Diego—. Hemos pensado que lo mejor es seleccionar una clase de primero de secundaria, donde los niños tienen doce y trece años. Pensamos que es una edad suficientemente temprana para que actúen con naturalidad y no modifiquen su comportamiento al sentirse observados, y a la vez está suficientemente cercana a la edad adulta para que el tipo de pensamientos no difiera mucho del que se espera en una persona madura. Para convencer a los padres, ofreceremos a cada niño que participe en la investigación una beca de veinte mil dólares al año durante tres años cuando empiecen sus estudios universitarios. Suponiendo que participen veinte niños, esto significa una inversión de algo más de un millón de dólares, pero para cuando empiecen la universidad, las ganancias por la explotación de la tecnología serán sustancialmente mayores. Creo que nadie rechazaría esta generosa oferta. Además, el colegio que tenemos en mente para el estudio, la Escuela Raffles, cuenta con cuatro aulas con niños de esa edad, así que tenemos cuatro balas en la recámara. Por otro lado, en Singapur no existe ninguna norma, ni en la ley de protección del menor ni en la de protección de datos, que impida realizar este proyecto, al contrario de lo que ocurre en Canadá. Esta fue una de las razones de instalarnos en este pequeño paraíso neuronal. Pensamos que con nuestra tecnología ayudaremos a reducir el número de robos y atentados. Aunque habrá gente en Canadá que nos acusará de haber cruzado una línea roja, creemos que el beneficio para la sociedad lo merece.

—¡Bien pensado! Al respecto tenemos una petición. Ustedes tienen una hija en sexto de primaria en la Escuela Raffles, ¿verdad?

Diego se quedó petrificado e Isabelle dio un respingo en su silla. Ninguno de los dos se esperaba esta pregunta.

—Sí, efectivamente, veo que están bien informados —respondió Diego con el rostro desencajado.

—Queremos que el estudio se realice en la clase de su hija, y esta condición no es negociable —espetó Robert.

Diego se quedó bloqueado. Ni siquiera había valorado esta posibilidad puesto que tanto él como Isabelle siempre habían mantenido a Sophie protegida, totalmente al margen de sus avatares profesionales. ¿Cuál sería la razón por la que los inversores hacían semejante petición? Transcurrieron unos pocos segundos que parecieron una eternidad...

—Deduzco que no se esperaban esta cláusula y tienen que hablarlo, así que saldremos un momento a la antesala a tomarnos un café y los dejaremos a solas para que tomen una decisión —dijo Emily, ejecutando su papel conciliador en la negociación.

En cuanto abandonaron la sala, Diego miró a Isabelle abriendo sus ojos y brazos con igual intensidad, representando la viva imagen del estupor.

—En esta fase de ensayo de la tecnología, los neurodatos de los niños estarán a disposición del escrutinio de los empleados de la empresa. Controlando la mente de nuestra hija, la tienen bajo su control —comentó Isabelle—. Y teniéndola a ella bajo su control, nos tienen a nosotros también. Siempre tendrán un as en la manga.

Diego se acercó al ventanal y reflexionó unos instantes. Al fondo de la bahía se veían circulando varios barcos en dirección al puerto de Singapur, el más importante del mundo, creado en una isla de apenas setecientos kilómetros cuadrados por Stamford Raffles en 1819, en la que cuando se estableció no había nada. En poco más de doscientos años este minúsculo lugar se había convertido en una de las mayores economías del mundo. «Y todo gracias a la visión de una sola persona». Diego se giró hacia Isabelle y la miró con una determinación que la asustó.

—Ayer me dijiste que si crees en algo, no debería importarte aplicarlo a lo que más quieres, tu propia familia. ¿Crees en el proyecto, Isabelle?

2 de enero de 2034 (Singapur)

Este curso Shaoran tenía un gran reto por delante. Había sido elegido profesor responsable de la clase de primero de secundaria en la que se llevaría a cabo el ensayo sobre la relación entre los microgestos faciales y los pensamientos. Era un gran honor, pero a la vez una gran responsabilidad. Su comportamiento sería intachable y su nombre quedaría impreso con letras de oro en los anales del colegio y quizá de la Ciencia. Además del prestigio social, sus padres estarían orgullosos de él. Mientras los escolares entraban en clase, Shaoran vio cómo los técnicos se afanaban en colocar las últimas cámaras de alta resolución que los grabarían durante el curso. La semana anterior, los niños habían pasado por la Clínica Raffles para instalarles el neurochip en la nuca mediante una sencilla intervención de apenas diez minutos. Salvo por la torre electrónica situada en una esquina de la clase, y que apenas ocupaba un metro cuadrado de espacio, y las pequeñas cámaras atornilladas al techo, nadie encontraría nada fuera de lo normal. Shaoran se tranquilizó al pensar que el proyecto no perturbaría sus clases y podría ejercer su labor con total normalidad. Los responsables del estudio le habían insistido en que para que la investigación diera los resultados esperados, todos, tanto él como los niños, se tenían que comportar del modo habitual. Una vez que todos los niños entraron en clase, procedió a organizarlos. Su mirada se fijó primero en Lim, que destacaba por las aparatosas gafas que intentaban contrarrestar su deficiencia visual.

—Lim, ven aquí a primera fila. Enzo, ponte a su lado. Mayang, tú al suyo. Sophie, al lado. Ya tenemos la primera fila completa.

Shaoran colocó al resto de alumnos hasta completar cinco filas. A continuación, sacó su pequeña tableta de apenas diez centímetros e instó a los niños a hacer lo mismo. Su mirada se dirigió a un icono y parpadeó. El sensor óptico colocado en la parte superior de la tableta detectó el parpadeo y los tres sensores ópticos colocados en la parte inferior y a los dos lados dedujeron el icono seleccionado por la mirada. Casi instantáneamente, la tableta estableció conexión con el servidor de aplicaciones escolares de Singapur mediante la tecnología 6G+ y se ejecutó el programa de proyección en la pared, detrás de Shaoran. Aparecieron imágenes de las pandemias de gripe de 1918 y de coronavirus de 2019. El maestro Shaoran dio la primera lección del curso a sus discípulos.

—Mi primera lección es sobre la humildad. Algunos de vosotros habréis oído decir que el tiempo atmosférico es impredecible porque el aleteo de una mariposa en un lugar del planeta Tierra puede causar una gran tormenta en otro punto a miles de kilómetros. Esto se debe a que las leyes que rigen la atmósfera obedecen a la Teoría del Caos. Esta teoría explica que las ecuaciones que rigen el mundo no son lineales, es decir, que con pequeños cambios respecto a la situación inicial, esta puede evolucionar hacia otra totalmente diferente que, en algunos casos, puede ser catastrófica. Nunca debemos minusvalorar el poder de la naturaleza. Hoy voy a explicaros un ejemplo de por qué es importante estudiar Historia y por qué hay que ser humildes y aprender del pasado para no repetir los errores en el futuro. En 1918 hubo una pandemia de gripe que afectó a todos los países de la Tierra y que comenzó en Estados Unidos, donde causó alrededor de medio millón de víctimas. La mayor parte de los países estaban luchando en la Primera Guerra Mundial y no daban información real sobre el número de bajas, ni siquiera informaron de que esta gripe estaba matando a muchos de sus soldados. España es un país del sur de Europa que no participaba en la guerra y sí informaba sobre la misma, por lo que a esta gripe se la denominó gripe española. Allí se contabilizaron doscientos mil fallecidos, pero en otros países como China se estima que murieron treinta millones de personas. En total, más de cincuenta millones de personas fueron víctimas de esta gripe en el mundo. Cuando a finales del año 2019 apareció en la región de Wuhan en China una pandemia causada por un nuevo virus, ni en Europa ni en Estados Unidos le prestaron mucha atención. Salvo los especialistas, casi nadie en esos países había oído hablar de la gripe española puesto que habían pasado tres o cuatro generaciones y las pandemias no eran un tema objeto de los programas de estudio en sus colegios. Tanto Europa como Estados Unidos presumían de tener la mejor sanidad del mundo y no temían al virus, así que no tomaron ninguna medida preventiva. Cuando en los primeros meses de 2020 el virus llegó a Europa y Estados Unidos, sus unidades de cuidados intensivos colapsaron rápidamente. El crecimiento exponencial del virus, con una elevada tasa de contagio y un largo periodo de incubación sin síntomas de la enfermedad, hizo inviable atender adecuadamente a todos los infectados, muriendo varios millones de personas en el mundo y provocando un caos generalizado durante varios años y un derrumbe sin precedentes de la economía. Afortunadamente, los países cooperaron en un tiempo récord para generar y distribuir las vacunas por todo el mundo y se aprendió la lección. El ser humano es capaz de lo peor y de lo mejor, no lo olvidéis nunca. En los minutos que restan de clase quiero que preparéis en grupos de cuatro un video sobre algún momento de la historia donde el ser humano ha sido víctima de su falta de humildad.

—¿Debemos utilizar recursos para que el video sea interactivo? —preguntó Lim.

—No es necesario, no quiero que le dediquéis un tiempo excesivo a esta actividad —contestó Shaoran satisfecho por la iniciativa del estudiante.

17 de octubre de 2034 (Singapur)

Alice y Andy se relajaban en la sala de juegos tomando un café. Jocosamente, lo llamaban la hora del recreo. Aunque Alice no había querido inicialmente mudarse de Montréal, su nuevo trabajo le había resultado monótono, por lo que al cabo de unos meses había aceptado la oferta de CajalLink para retomar sus actividades en la empresa y establecerse en Singapur. Seguía sin adaptarse a la elevada humedad relativa de Singapur y su falta de estaciones al estar situado próximo al ecuador terrestre, lo que suponía un notable cambio con respecto a Canadá. Por el contrario, le encantaba la variedad en la alimentación y su ambiente internacional. En el caso de Andy, graduado en ingeniería informática, él mismo se había ofrecido para mudarse a Singapur cuando la oferta de empleo se había difundido entre los empleados de DigitalFace, localizada en Nueva York. Además de por el jugoso sueldo, el cambio de aires le vendría bien para olvidarse de su tormentosa última relación sentimental. Aficionado al surf y a la fotografía, Singapur sería un buen punto de partida para visitar los países exóticos del entorno y volver a sentir la vida.

—Convocatoria de urgencia en la sala de reuniones —gritó Isabelle en un estado de gran agitación asomándose a la sala de juegos.

—¿Ya ha llegado el informe de la Universidad Tecnológica de Nanyang? —preguntó de inmediato Alice.

—Sí, os lo reenvío y lo proyecto sobre la pantalla —respondió Isabelle mientras veía a Alice y a Andy coger sus tabletas y precipitarse hacia la sala de reuniones.

La primera parte del estudio había ido como la seda, pero claro, esa era la fácil. Durante los dos primeros trimestres del curso, hasta junio, se habían recogido los primeros datos mediante las cámaras de video y los chips implantados. Desde entonces, los equipos de CajalLink y DigitalFace habían estado desgranando los datos y estableciendo las relaciones entre microgestos faciales y pensamientos, bajo la dirección de Alice y Andy. Ambos habían formado un buen tándem, aportando cada uno toda la experiencia acumulada de cada empresa. Los primeros datos tratados se habían enviado a la Escuela de Ciencias de la Computación de la Universidad, con la que habían firmado un acuerdo de colaboración. A cambio de un suculento contrato de alta confidencialidad, habían desarrollado un programa de inteligencia artificial específico para obtener la expresión facial promedio que corresponde a cada pensamiento. Al ser una tecnología nueva, deberían ir adaptándolo conforme se fuesen obteniendo los datos. Aún quedaban dos trimestres de toma de datos en la Escuela Raffles y seguro que aún quedarían muchos flecos por cerrar, pero este primer informe era la culminación a la gran cantidad de trabajo realizado en los últimos meses. Todos estaban muy excitados.

—Tal y como acordamos con ellos, el primer informe se centraría en generar gestos faciales promedio para pensamientos generales agrupados —dijo Andy—. Es decir, se han clasificado los pensamientos y emociones en las siguientes categorías: felicidad-tristeza, interés-aburrimiento, euforia-cansancio, superioridad-inferioridad, confianza-desconfianza, fraternidad-egoísmo, cariño-desafecto, simpatía-antipatía, atracción-repulsión, seguridad-miedo. Y hemos reunido los sentimientos más negativos en uno solo, en concreto aquellos relacionados con el odio, el desprecio, el deseo de causar daño y el de robar. En los próximos meses, mientras se siguen obteniendo datos en la Escuela Raffles, en la Universidad trabajarán en refinar la asociación de pensamientos más específicos para cada una de estas categorías.

—Además, en esta primera fase del proceso, están agrupados todos los datos, sin separar por niños con diferente origen cultural —apostilló Alice—. Una vez se complete todo el estudio, lo tendremos individualizado para cada una de las cuatro culturas principales de Singapur: occidental, china, india y malaya.

Durante las tres horas siguientes, Diego, Isabelle, Alice y Andy revisaron todos los puntos tratados en el informe, que contenía tanto conclusiones robustas como aspectos todavía abiertos que deberían ser afinados en los próximos meses.

—Todavía tenemos una elevada variabilidad en algunas de las expresiones faciales —afirmó Isabelle.

—Es esperable, teniendo en cuenta que estamos agrupando tanto datos de niños pertenecientes a diferentes culturas como pensamientos específicos dentro de cada categoría general —continuó Diego.

—Los resultados que hemos obtenido ya son mejores que los que teníamos en DigitalFace —aclaró Andy—. En DigitalFace la expresión facial se relacionaba solo con acciones conscientes y muy encasilladas de las personas que participaban en los ensayos. Por ejemplo, les enseñábamos una imagen de un personaje histórico sanguinario como Hitler y ellos, conscientemente, hacían un gesto que nosotros asociábamos con la repulsión. Sin embargo, es de esperar que haya una variedad de sentimientos y pensamientos que emergen al ver esa foto. No solo de repulsión sino también de miedo, desafecto, tristeza, odio, etc. Ahora, con las medidas cuantitativas del neurochip y la descodificación de su señal, podemos decir exactamente qué porcentaje de la señal medida corresponde a cada uno de esos estados mentales.

—Los pensamientos inconscientes pueden ser también relevantes y el chip mide su señal —comentó Alice—. Puede que una situación nos evoque algún hecho del pasado que permanece grabado en nuestro cerebro pero que ya hemos olvidado de modo consciente. Esto es relevante si el hecho fue traumático.

—Por no hablar de la importancia de los sesgos raciales —siguió Andy—. Hay, por ejemplo, estudios con niños pequeños que muestran claramente la predisposición para mostrar sentimientos positivos hacia una mujer si es de la misma raza que su madre.

—Tampoco podemos olvidar que hay situaciones que dan pie a una mezcla de sentimientos contradictorios, ya que se contraponen pensamientos racionales e irracionales, por ejemplo, cuando juzgamos las acciones de un familiar o de una persona de nuestro mismo grupo social —apuntó Alice.

—¿Quiere esto decir que no va a ser posible asociar pensamientos precisos a las microexpresiones faciales detectadas por las cámaras? —preguntó Diego algo abrumado por la cantidad de objeciones que se estaban poniendo encima de la mesa.

—Creemos que los pensamientos que nos interesan para temas de seguridad tienen menos matices. Sentimientos tan intensos como el odio parecen tener una respuesta bastante uniforme independientemente de la cultura y de las características particulares de cada persona —respondió Andy.

—¿Hemos reunido bastantes sentimientos negativos en estos seis meses para obtener conclusiones fiables? —interpeló Isabelle.

—Es curioso lo que hemos observado. Hay muchos días que no hemos registrado ninguno y, sin embargo, hay otros días que hemos contabilizado varios episodios —respondió Andy—. Esto demuestra que los sentimientos y pensamientos negativos son contagiosos. Aunque pudiésemos intuirlo, ahora tenemos las pruebas.

—Otro punto curioso del informe es que hay algunos niños que registran señales en el neurochip que no sabemos identificar con ningún pensamiento determinado y los correspondientes microgestos faciales han quedado sin clasificar —comentó Alice.

—Todavía estamos en la primera fase del estudio, pueden ser señales no significativas. Dentro de unos meses tendremos información más elaborada —añadió Isabelle restando importancia al comentario de Alice. Sin embargo, solo un instante después sintió un escalofrío en todo el cuerpo. Un segundo después evocó de modo consciente su encuentro con Alice en el Jardín Botánico de Montréal seis años atrás, cuando esta le comunicó que la neuroseñal de su chip implantado había disminuido un diez por ciento.

—Vamos por el buen camino y estamos en plazo, así que los inversores estarán satisfechos. Enhorabuena a todos por el excelente trabajo —intervino Diego para salir del *impasse*—. Esto merece un buen plato de cangrejo, pago yo.

—Por cierto, he estado tan ocupado estos meses que aún no he tenido tiempo para probar el famoso cóctel Singapore Sling del que todo el mundo habla —apuntó Andy.

—Después de casi un año en Singapur eso es casi un delito —bromeó Diego—. De hoy no pasa. Después de cenar cangrejo iremos al hotel Raffles para que degustes el auténtico Singapore Sling y pases tu particular Rubicón.

—Por cierto, ya sabéis que soy muy amiga de la numerología. ¿Sabéis qué aniversario es hoy? —preguntó Alice atrayendo toda la atención.

—Ilústranos como solo tú sabes —la provocó Andy.

—Hoy hace cien años que murió el descubridor de la neurociencia, Ramón y Cajal. Toda una señal.

—¡Yo diría que esto es una verdadera neuroseñal! —comentó un Andy cada vez más intrigado con los mil dos cientos centímetros cúbicos de materia gris alojados en la cabecita de su compañera.

—Pues que el brindis de esta noche sea en su honor —dijo Diego concluyendo la reunión.

5 de febrero de 2035 (Singapur)

El ministro coordinador de Infraestructuras apretó el botón especialmente diseñado para la ocasión. Se trataba de un coqueto Merlión, la mascota de Singapur que consistía en una cabeza de león y cuerpo de pez. El botón, de color rojo como presagio de buena suerte, estaba situado en el pecho del Merlión. A continuación, en la pantalla de ocho metros de ancho y seis de alto que presidía la sala, comenzaron a iluminarse áreas de ochenta centímetros por sesenta centímetros que representaban diferentes zonas del aeropuerto. Cuando noventa y seis de estas áreas se iluminaron, del techo cayeron confetis de varios colores y los asistentes prorrumpieron en aplausos. La ocasión lo merecía. El aeropuerto de Singapur estrenaba la que se anunciaba sería la tecnología del futuro en el ámbito de la seguridad. En ese momento, en el espacio libre en el centro de la pantalla apareció la imagen del presidente de Singapur, que felicitó al director del aeropuerto y a todos los que habían hecho posible que un pequeño país de menos de mil kilómetros cuadrados se situara, una vez más, a la vanguardia mundial de la tecnología. Tras un caluroso aplauso al presidente, el director del aeropuerto ofreció a los asistentes un emotivo discurso.

—Hoy continuamos la tradición de nuestro visionario presidente fundador, Lee Kuan Yew, quien en 1965 creó un país donde la razón se impone a la superstición y la transparencia y la limpieza reinan sobre el desorden. Nuestro aeropuerto tiene el honor de estrenar la tecnología de seguridad del futuro, que, de modo no invasivo, es capaz de detectar los delitos incluso antes de que estos se produzcan. Con esta tecnología seremos capaces de interceptar las potenciales amenazas y darles respuesta antes de que sea demasiado tarde. Es más, lo haremos de la manera que hubiese deseado nuestro presidente fundador: usando nuestra inteligencia y ejecutando las acciones con pulcritud. En este punto, me gustaría agradecer a las personas e instituciones que han hecho posible que Singapur vuelva a ser el centro de la atención mundial. En primer lugar, agradezco a nuestra Universidad Tecnológica, con sus profesores e investigadores, que haya puesto a disposición del proyecto a las mentes más brillantes del campo de la inteligencia artificial. En segundo lugar, a la empresa CajalLink, que eligió Singapur para desarrollar este innovador proyecto. En tercer lugar, a los inversores extranjeros que vieron en Singapur el mejor lugar para rentabilizar su capital. Desde aquí me gustaría hacer una llamada a todos los científicos, empresarios e inversores: Singapur es el lugar. Os recibiremos con los brazos abiertos. ¡Queda inaugurado el sistema de detección DORI!

A continuación, una sonora ovación invadió la sala y los asistentes hicieron un brindis con las copas de Moët & Chandon que se habían servido en los últimos minutos.

—Magnífico discurso, breve pero preciso —dijo Diego mientras chocaba su copa con la del director del aeropuerto para, a continuación, brindar con Isabelle.

—Por cierto, ¿qué significa DORI? —preguntó el director a Diego.

—Fue idea de Isabelle poner al sistema de detección el nombre de nuestra perrita. Aunque, oficialmente, se trata de las iniciales de Device for Optimum Raster Imaging —contestó Diego observando de refilón cómo Isabelle se ponía colorada.

A escasos dos metros, Alice y Andy brindaban con Emily y Robert, cuya mirada resplandecía igual que el brillo de las monedas del Tío Gilito.

—Lo hemos conseguido —celebró Andy mirando fijamente a los ojos de Alice.

—Sí, tenemos una buena tecnología, aunque quizá no esté totalmente optimizada —respondió Alice desviando ligeramente la mirada de modo insconciente. Aunque estaba bastante satisfecha del resultado final, en su opinión habían quedado flecos por cerrar. Tal vez fuese su carácter obsesivo el que no la dejaba ser completamente feliz.

—Esto merece una buena celebración. Ya puedes ir preparando la maleta porque nos vamos unos días a Bali —le propuso Andy con una amplia sonrisa. Estaba exultante y no era para menos. Además de sacar adelante un proyecto tan difícil como este, había comenzado una relación sentimental muy ilusionante con Alice. Le había costado decidirse a proponerle salir fuera del horario de trabajo. Además de la diferencia de edad, de casi diez años, y el carácter reservado de Alice, los rescoldos de su anterior relación estaban todavía calientes.

—Eres un tunante.

—Digamos que sé aprovechar las oportunidades que se me presentan.

—Acepto solo si prometes enseñarme a hacer surf.

—No te preocupes, volverás deseando encontrar *La gran ola*[33].

El día que se habían acostado por primera vez, en el dormitorio de Alice, el cuadro *La gran ola* del japonés Hokusai había sido testigo del comienzo de su relación. Al acabar, Andy le había dicho que, siendo surfista, se había sentido en su ambiente, pues existe la leyenda urbana de que hay un grupo de surfistas que va buscando por todos los mares una gran ola que les permita cabalgar sobre ella durante horas. Alice observó el cuadro intentando encontrar una nueva perspectiva. Siempre le había gustado esa imagen del mar embravecido y de una gran ola, como elemento central, que comenzaba a romper creando una amenazadora espuma en forma de garras. Esperando el trágico desenlace, en la base de la ola se podía observar la presencia de pequeñas embarcaciones abandonadas a su suerte. Al fondo, el monte Fuji, empequeñecido, presidía la escena. El cuadro destacaba por su particular estética y su dinamismo, y se habían realizado estudios que indicaban que *La gran ola* se podía encuadrar en una espiral de Fibonacci, igual que sucede con la forma espiral del caparazón de ciertos moluscos como el nautilo y que tanto se ha utilizado en pintura y arquitectura por ser una proporción geométrica que, por alguna razón todavía desconocida, resuena en nuestro cerebro. Alice intentó imaginarse un surfista encima de la gran ola de Hokusai, pero, al cabo de unos pocos segundos, se dio cuenta de lo absurdo que resultaba, así que volvió a centrar su atención en Andy. Aprovechó que se había quedado dormido para contemplar en detalle su cuerpo desnudo. De complexión atlética, reconoció que para haber sobrepasado los cuarenta se conservaba muy bien. La única deformidad que descubrió fue que sus pies resultaban excesivamente grandes para su estatura mediana. Quizá era una adaptación al surf… o, seguramente, sería al revés: era bueno en el surf por la elevada superficie de contacto que ofrecía sobre la tabla. Conservaba una buena parte del cabello, aunque se trataba de un pelo rubio y fino que dejaba entrever alguna calva incipiente desde la posición en la que lo observaba. No se percibía la

---

33 Foto 6. Álbum fotográfico, p. 185.

curva de la felicidad, que daría mucha felicidad pero mataba el atractivo. Como buen neoyorquino, era un hombre directo y seguro de sí mismo, pero era un buen conversador y estaba siempre dispuesto a tener en cuenta el punto de vista de Alice. Le molestaba un poco su excesivo pragmatismo y la aparente ausencia de convicciones y durante unas semanas se preguntó si sería de fiar. Pero, a estas alturas de la vida, ya se había dado cuenta de que ella era la *rara avis*, así que, en conjunto, se trataba de un buen compañero de viaje y había decidido apostar por él.

5 de junio de 2035 (Singapur)

La primera reunión de seguimiento, hacía dos meses, había sido muy sencilla, ya que en los dos primeros meses de funcionamiento de la tecnología de CajalLink en el aeropuerto no había habido ningún incidente reseñable. El efecto disuasorio que había tenido en los medios de comunicación la difusión de la noticia de la instalación del nuevo sistema de seguridad en el aeropuerto, unido a la ya de por sí baja delincuencia en Singapur, había mantenido a los delincuentes alejados. En esta segunda reunión, el director del aeropuerto sí quería que abordasen los dos incidentes ocurridos desde la primera reunión. Junto a él, formaban parte de la comisión de seguimiento el jefe de seguridad del aeropuerto, Diego, Isabelle, Alice y Andy.

—El primer incidente ocurrió el 17 de marzo —informó el director—. Un pasajero procedente de Londres comenzó a increpar a otros pasajeros en la zona de recogida de equipajes, acusándolos de robar su equipaje. Cuando uno de ellos buscó la ayuda de un guardia de seguridad, se enfrentó a él de modo agresivo. En ese intervalo de tiempo, DORI había lanzado una señal de alarma y todos los guardias de seguridad habían acudido al lugar de los hechos. El pasajero fue reducido fácilmente y puesto a disposición de la policía. Dos semanas más tarde recibimos el informe policial. Se trata de un británico con una enfermedad mental moderada. Se había olvidado de coger la medicación antes de salir hacia el aeropuerto de Heathrow, por lo que se saltó dos tomas y a su llegada a Singapur sufrió una crisis.

—Afortunadamente, no parece que haya sido nada grave —comentó Diego.

—En efecto, pero podría haber evolucionado hacia un incidente más serio si el pasajero hubiese atacado a otro pasajero antes de la llegada del primer guardia de seguridad —puntualizó el director—. Habría sido ideal que DORI hubiese detectado el problema a lo largo del camino recorrido por el pasajero hasta la llegada a la recogida de equipajes. ¿Qué patrones se detectaron en DORI?

—Fue un incidente que no habíamos previsto —respondió Alice—. Hemos revisado en DORI toda la información del pasajero desde que bajó del avión hasta que llegó a la recogida de equipajes. Hay una mezcla muy variada de pensamientos que se entrecruzan, algunos positivos y otros negativos, con un patrón muy irregular que no habíamos previsto. Las intenciones agresivas solo se produjeron cuando los primeros pasajeros comenzaron a recoger sus maletas. En ese momento, y casi simultáneamente, saltó la señal de alarma en DORI y el pasajero comenzó a increpar a otros pasajeros.

—Desde el punto de vista médico, un paciente con problemas psiquiátricos puede tener comportamientos muy erráticos y difíciles de predecir —apuntó Diego.

—Creo que podríamos considerar este tipo de pensamientos erráticos como una señal de que, potencialmente, puede haber un problema y generar una alarma de baja intensidad en DORI —aportó Isabelle.

—Sí, es buena idea —corroboró el director—. A partir de esa alarma de baja intensidad podemos hacer un seguimiento de la persona pero sin intervenir, puesto que en la mayor parte de las ocasiones no será necesario hacerlo. ¿Cuándo podréis actualizar a DORI para incorporar esta funcionalidad?

—Dos semanas deberían ser suficientes —contestó Andy.

—Estupendo —dijo el director satisfecho—. Podemos, entonces, zanjar este asunto y pasamos al segundo incidente, bastante más delicado por cierto. Imagino que a estas alturas todos hemos leído el informe policial sobre Ronald. En primer lugar, quiero que quede claro que es un tema altamente confidencial y todo lo que se mencione sobre este caso debe ser un secreto compartido exclusivamente por nosotros seis. Como os podéis imaginar, todavía estamos bajo estado de *shock*. Ronald había trabajado como guardia de seguridad en el aeropuerto durante casi cinco años y nunca había dado ningún problema ni había mostrado ningún comportamiento inapropiado. Nada hacía pensar que fuese un pederasta que durante dos años había abusado del hijo de su compañera sentimental, fruto de una relación previa. Entre el resto de trabajadores del aeropuerto hay muchos rumores, puesto que Ronald fue detenido en presencia de otros compañeros durante su jornada laboral, pero solo el jefe de seguridad y yo conocemos el informe policial, obtenido a través del ministro coordinador de Infraestructuras. Tanto el ministro como yo estamos muy interesados en profundizar en el tema. Si DORI fuese capaz de detectar los pensamientos correspondientes a acciones delictivas de esta naturaleza, su rango de aplicación se multiplicaría. Imagino que esto no es posible en este estadio de desarrollo de la tecnología, pero me siento en la obligación de plantearlo. Está en vuestras manos evitar un gran sufrimiento a seres inocentes.

—Vamos a exprimir al máximo todos los datos de los que disponemos —contestó Diego dirigiendo la mirada a Andy y Alice. A continuación, rellenó su vaso de agua y bebió de él mientras un incómodo silencio se apoderaba de la reunión.

—Como usted mismo ha dicho, en este estadio de desarrollo de DORI es muy improbable que se puedan detectar este tipo de delitos —apuntó Isabelle intentando rebajar las expectativas del director del aeropuerto—. De todas formas, en los próximos días vamos a analizar todas las imágenes sobre Ronald recopiladas por DORI en el aeropuerto por si existiese un patrón de gestos faciales en Ronald que pudiese ser asociado a este comportamiento tan deleznable.

—Por lo que yo conozco, en DigitalFace nunca ha existido una base de datos de imágenes relacionadas con este tipo de delitos tan execrables —aseguró Andy—. Nuestras bases de datos se elaboraban solicitando a los participantes que pensaran en un tipo de sentimiento concreto y registrando la imagen facial correspondiente. Lógicamente, nunca se solicitó a los participantes que tuviesen pensamientos lascivos con niños, por lo que no sabemos si hay un patrón facial asociado. Por otro lado, en los datos tomados de los niños de la Escuela Raffles este tipo de pensamientos no va a estar presente por tratarse precisamente de niños y no de adultos.

El director del aeropuerto comenzó a perder la esperanza de que se pudiese hacer algo al respecto. De repente cayó en la cuenta del extraño comportamiento de Alice desde que habían comenzado a tratar este tema. No había levantado la vista de los papeles que tenía delante y había cambiado de postura varias veces en los últimos minutos, mostrando una gran incomodidad. Lo que el director no sabía es que Alice llevaba varios días rumiando este asunto. Mañana, tarde y noche. Y todavía no había encontrado la clave pero estaba convencida de que esa clave existía y que no podría parar hasta encontrarla.

17 de junio de 2035 (Singapur)

Alice se despidió de Andy y caminó hacia la zona de la bahía, que quedaba en la dirección de su apartamento. La noche anterior había cenado con Andy en Clarke Street, la zona más animada de la ciudad los sábados, y luego había pasado la noche en su casa. Su relación iba bien a pesar de que, hasta ese momento, ella siempre había rechazado relaciones sentimentales en el ámbito laboral. Demasiado arriesgado. Pero, en esta ocasión, Andy había sabido tejer una tela de araña a su alrededor y había quedado atrapada. En realidad, tampoco se resistió mucho. Educado, brillante, humilde, con sentido del humor y, sobre todo, capaz de dejarle su espacio. Cada uno vivía en su apartamento y se veían solo cuando ambos lo deseaban. Andy respetaba la frecuente tendencia de Alice a aislarse en su vasto mundo interior. Si en el futuro llegarían a dar un paso más... tal vez, pero sin forzar la situación.

Una vez más, Alice repasó mentalmente todos los datos recopilados hasta el momento sobre el asunto que en los últimos días cortocircuitaba sus neuronas. Estaba en un callejón sin salida desde hacía dos semanas. En la reunión del aeropuerto tenía ya todos los datos, pero faltaba un hilo conductor y no lograba encajarlos. ¿Habría algún error de base en el diseño de DORI? Quizá los árboles no le dejaban ver el bosque y necesitaba alejarse, tomar un poco de perspectiva. ¿Necesitaría unos días de vacaciones para resetearse? En cuanto recibió el informe policial sobre Ronald varios días antes de la reunión en el aeropuerto, analizó todas las imágenes que sobre él había registrado DORI. A la mayor parte de los gestos faciales de Ronald había podido asociarles un pensamiento o sentimiento preciso, destacando los relacionados con el aburrimiento, el desafecto y la superioridad. Pero había un conjunto de gestos que no había podido clasificar con la base de datos obtenida del estudio en la Escuela Raffles. Esto le resultó al principio desconcertante puesto que en la escuela, gracias a los datos simultáneos de los gestos faciales y de los neurodatos, la correspondencia entre los pequeños cambios en los músculos faciales y el estado mental era inequívoca. La base de datos que habían generado para la interpretación de microgestos faciales superaba de lejos todas las que existían hasta ese momento. ¿Y si había alguna diferencia entre los microgestos de una persona adulta y un niño? Pidió ayuda a Andy para que verificase si en la base de datos de DigitalFace había algún estado al que poder asociarlos. Pero Andy no encontró nada significativo. A continuación, comparó las imágenes de Ronald con las de la Escuela Raffles y lo que vio la dejó inmersa en un estado de estupor: los gestos faciales de Ronald que no podía descifrar se asemejaban a los gestos de algunos niños que habían quedado sin poder ser clasificados. Era asombroso. Se trataba de microexpresiones faciales imposibles de desentrañar mediante la exhaustiva base de datos de DigitalFace y pensamientos asociados que la potentísima tecnología de CajalLink era incapaz de descodificar. Y, en ambos casos, los mostraban tanto un pederasta como varios niños de la Escuela Raffles.

Había dos preguntas que Alice no dejaba de repetirse. ¿Tendrían que ver esos gestos y pensamientos indescifrables de Ronald con sus tendencias pederastas? Y si era así, ¿cómo era posible que algunos niños de la escuela presentasen ese mismo patrón de gestos faciales? Cuando habló con Andy sobre ello, este le dijo que se había topado con un *conundrum*. Ante la cara de sorpresa de Alice, Andy le explicó que en inglés se utiliza esta expresión ante un enigma o situación aparentemente irresoluble. Desde entonces, esa palabra le percutía todo el tiempo y cuando hablaba del tema con Andy, Diego o Isabelle, se refería siempre al *conundrum*.

En la bahía, a la altura de la escultura del Merlión gigante, Alice vio el cartel anunciador del Museo de Ciencias y Artes, situado enfrente. Llamó su atención la exposición temporal que anunciaban, «Reflejos de la neurociencia en el arte». Cambió su rumbo hacia el puente con forma de doble hélice en honor de la estructura del ADN y, en apenas diez minutos, se encontró en la puerta del museo. Aunque solo lo había visitado anteriormente en una ocasión, era difícil permanecer indiferente ante uno de los edificios icónicos de Singapur. Diseñado también por Moshe Safdie, igual que el resto del complejo que también alberga el hotel Marina Sands Bay, el edificio está inspirado en una flor de loto, componiéndose de diez dedos que constituyen las galerías con las exposiciones. Tras comprar una entrada y alquilar los auriculares inalámbricos, se encaminó directamente a la exposición temporal. Cuando estaba a unos pocos metros de la zona de entrada, los auriculares detectaron la primera baliza y proporcionaron a Alice la primera alocución, que consistía en unas palabras de bienvenida de los comisarios de la exposición.

Transcurrida una media hora, Alice se dirigía ya hacia la última sala de la exposición. Lo que había visto hasta entonces le había permitido cambiar el chip durante un rato, relajarse y recuperar sensaciones agradables. La exposición comenzaba mostrando varias láminas dibujadas por el mismísimo Ramón y Cajal en las que se veían neuronas y sus conexiones, tal y como él las había visualizado por primera vez a finales del siglo XIX con un simple microscopio óptico.

Sorprendía no solo la precisión de los dibujos sino el impacto artístico que producían, más allá de su valor científico. Pensó que luego en la tienda del museo adquiriría alguna lámina para mejorar la austera decoración de su salón. Otra sala que le había gustado especialmente había sido la de las fotografías coloreadas artificialmente a partir de imágenes de resonancia magnética del cerebro y que representaban fotografías de pensamientos concretos. En esa misma sala había una zona dedicada a los primeros experimentos de resonancia magnética que demostraron que un veinte por ciento de las personas en estado vegetativo conservan la actividad cerebral y son capaces de percibir su entorno. En otra sala, le había impresionado la maqueta del cerebro de diez metros de altura con canales huecos por los que se podía circular y recorrer las diferentes zonas del mismo, como el lóbulo frontal, el hipocampo o la amígdala. Conforme se acercaba a cada una de ellas, se explicaba su función a través de los auriculares. La sala dedicada a las redes neuronales profundas, utilizadas en inteligencia artificial, explicaba de un modo claro y didáctico la conexión entre este campo y la neurociencia a través de sencillos experimentos virtuales que el visitante podía realizar en las terminales disponibles. También le había llamado la atención el árbol navideño con luces representando neuronas que se iluminaban de modo dinámico. Decidió comprar uno si había en la tienda. Entró en la última sala.

Se trataba de un largo pasillo cubierto de espejos en paredes, suelo y techo, con una iluminación cuyo color le recordó al rayo verde de Julio Verne. Su propio reflejo se extendía de modo infinito en todas las direcciones. Impresionaba verse a sí misma tantas veces. Imaginó qué calvario sería pasar por allí uno de esos días que uno no soporta una sola versión de sí mismo.

Nada más salir de esa clonación desmedida excepto para los más ególatras, los auriculares detectaron otra baliza y Alice escuchó la historia de las neuronas espejo, descubiertas por Giacomo Rizzolatti y su equipo en 1992, mientras investigaban con macacos. Gracias a los electrodos que les habían insertado, descubrieron por azar que cuando un investigador u otro macaco llevaba a cabo la acción de coger un plátano y apretarlo, en el cerebro del macaco se activaban unas neuronas que también se activaban cuando este realizaba la misma acción. A raíz de este estudio, se dedujo que las neuronas espejo, presentes en varias zonas del cerebro humano, son las que nos informan de las acciones y sentimientos de los seres que nos rodean, permitiendo desarrollar la empatía y otras habilidades sociales. Actúan, por lo tanto, reflejando en nuestro cerebro las señales cerebrales de los que nos rodean, concluyó el audio.

La cabeza de Alice era un hervidero, pero aún no sabía por qué. Había algo en la parte preconsciente de su cerebro que luchaba por alcanzar su parte consciente. En ese momento, Alice se encontró de bruces con una actividad interactiva. Se trataba de un espejo en el que se podían seleccionar rostros de personajes famosos. Ella eligió el de Charles Darwin. La actividad consistía en hacer muecas, que el rostro famoso reproducía imitando el rol desempeñado por las neuronas espejo. Alice puso cara de sorpresa y Darwin se la devolvió. Alice sentía una presión cada vez mayor en su espacio craneal, algo se estaba cociendo allí arriba. Al instante siguiente, Alice puso una mueca mezcla de pánico y momento eureka. Darwin se la devolvió. Creía haber dado con la clave del *conundrum* y se mareó. Tuvo que apoyarse en la pared. Tenía dificultades para respirar. A su derecha vio un baño y fue a refrescarse. Cinco minutos después volvía a atravesar el puente de la doble hélice, aunque esta vez lo atravesó como una marchadora en los Juegos Olímpicos. Necesitaba hacer una última comprobación. Necesitaba revisar las imágenes de la Escuela Raffles para verificar su hipótesis.

18 de junio de 2035 (Singapur)

—Dinos, Alice, ¿qué es eso tan importante que has encontrado? —preguntó directamente Diego, que junto a Isabelle y Andy componían el gabinete de crisis de CajalLink.

—Es en relación con el *conundrum*, como os podéis imaginar —comenzó Alice—. Resumo brevemente la situación hasta ayer.

Ronald fue detenido en el aeropuerto por pederastia y, al revisar las imágenes de su cara captadas durante varios meses por nuestro sistema DORI, hemos detectado un patrón de gestos faciales que se repiten y que no hemos sido capaces de clasificar. En muchas ocasiones, esas microexpresiones faciales aparecen cuando Ronald estaba en la proximidad de niños, por lo que no es descabellado pensar que correspondan a pensamientos pederastas.

—Sí, es una hipótesis muy plausible —confirmó Diego.

—Al no existir ningún estudio previo con pederastas, hasta ayer no era posible demostrarlo y nos hallábamos en un *cul-de-sac*[34] —continuó Alice—. Sin embargo, si os acordáis, teníamos otra pieza del puzle sin encajar. En el estudio de la Escuela Raffles varios niños mostraron una serie de gestos faciales y de pensamientos detectados por el neurochip que no podíamos clasificar. No parecían corresponder con nada coherente.

—Recuerdo que ya lo mencionaste el año pasado cuando llegaron los primeros informes —dijo Isabelle intuyendo que Alice había encontrado una conexión con el asunto de Ronald.

—Pues resulta que las señales inexplicables de los niños de la Escuela Raffles son muy similares a las detectadas en Ronald —aclaró Alice, aumentando la incredulidad del resto.

—No se me ocurre ninguna conexión entre la Escuela Raffles y Ronald —apuntó Diego, deseando que fuese una mera coincidencia.

—Ya sabes que no me gusta dejar cabos sueltos. ¿Por qué esas microexpresiones faciales inclasificables aparecían únicamente en cuatro niños durante el primer semestre y en otros cuatro niños en el segundo? Era algo que me parecía ilógico. Especialmente, porque solo uno de los niños lo mostraba en los dos semestres.

—¿De quién se trata? —preguntó Isabelle sintiendo un escalofrío.

---

34 En francés, 'callejón sin salida'.

—Se trata de Lim. En el primer semestre fueron Lim, Enzo, Sophie y Mayang; en el segundo semestre Lim, Tian, Arasu y Chelsea.

—¿Crees que Lim ha sufrido abusos sexuales? —preguntó Andy sin terminar de comprender.

—No. Pero es el único que en ambos semestres se sentó en primera fila.

—Sigo sin entender —insistió Andy.

—Ayer, cuando me fui de tu casa —siguió Alice—, me llamó la atención el título de la exposición que anunciaban: «Reflejos de la neurociencia en el arte» y acabé entrando en el Museo de Ciencia y Arte. En la última sala, el tema era las neuronas espejo. Seguramente habréis oído hablar de este concepto. Son las neuronas sociales que nos hacen estar en sintonía con nuestros congéneres. Si alguien sonríe, tendemos a sonreír. Si vemos una expresión de miedo, nos ponemos en situación de alerta. Gracias a estas neuronas reaccionamos de modo instintivo imitando las expresiones faciales de nuestros interlocutores y sintiendo lo mismo que ellos sienten.

—¿Estás diciendo que alguien en la clase de nuestra hija tiene pensamientos pederastas? —preguntó Isabelle a punto de entrar en estado de pánico.

—Lim fue la primera pista pero, al llegar a casa y ver las imágenes, pude confirmar mi hipótesis. Tanto en el primer como en el segundo semestre, los niños que mostraron los gestos faciales pederastas fueron los que se encontraban en primera fila. Es decir, aquellos que estaban a una distancia suficientemente corta del profesor como para ver, nítidamente, sus microexpresiones faciales y reproducirlas mediante sus neuronas espejo.

Isabelle dio un grito ahogado. Diego maldijo a Shaoran. Andy no podía creer lo que estaba pasando. Acababa de estallar una bomba nuclear en la sede de CajalLink, activándose el código flecha rota.

25 de junio de 2035 (Singapur)

La atmósfera en la sala era aún más eléctrica que en el exterior donde, en ese momento, descargaba una fuerte tromba de agua acompañada de rayos y truenos. Mientras Alice y Andy se preparaban un café, el resto de asistentes ya estaban alrededor de la mesa, o bien consultando el móvil o bien removiendo papeles. Nadie se miraba a la cara. A las diez en punto, hora en la que estaba convocada la reunión, Diego tomó la palabra.

—Todos conocéis la razón de esta reunión de urgencia puesto que habéis recibido información de primera mano o mediante llamada telefónica.

Junto a Diego, por la parte de CajalLink estaban presentes Isabelle, Alice y Andy, mientras que Robert y Emily habían acudido a la reunión en representación de los inversores. Esta vez no habría mucho margen para celebraciones.

—Como sabéis, desde hace una semana CajalLink dispone de información muy sensible gracias al análisis detallado realizado por Alice —continuó Diego—. Me gustaría comenzar una ronda de opiniones sobre cómo creéis que deberíamos manejar dicha información. Podemos empezar por mi derecha.

Tal y como ambos habían acordado previamente, Isabelle se había colocado estratégicamente a la derecha de Diego para establecer ya una postura a la que el resto se pudiese adherir.

—Creo que todos seréis de la opinión de que deberíamos priorizar la protección de los niños —comenzó Isabelle—. No puedo dejar de pensar que nuestra hija Sophie ha estado, durante un año, al alcance de un potencial pederasta. Mi hija me asegura que ella no observó ningún comportamiento inapropiado por parte de Shaoran, pero eso no demuestra que no se hayan producido abusos o que puedan producirse en un futuro. Lo más razonable sería poner esta información a disposición del director de la escuela y que él tome cartas en el asunto.

A su derecha se encontraba Emily, que tomó la palabra.

—En mi opinión, esa postura dejaría la situación fuera de nuestro control y podría volverse en nuestra contra. El director de la escuela podría decidir no hacer nada, o despedir a Shaoran discretamente o incluso poner el asunto en manos de la policía. En este último caso, el asunto podría filtrarse a la prensa y generarse un escándalo. Seguramente, aparecerían tanto detractores como defensores de Shaoran y podría dar lugar a un gran debate social, con CajalLink en el punto de mira. Nuestro proyecto sería escudriñado con lupa y todo podría saltar por los aires si el Gobierno decidiese aprobar una ley para regular, más estrictamente, las empresas del ámbito de la neurotecnología y el uso de los neurodatos. Si nuestro grupo inversor ha decidido apostar por vuestra empresa es por su situación estratégica en este pequeño paraíso neuronal que es Singapur.

Robert, que se encontraba a la derecha de Emily, cogió el testigo para rematar la faena, tal y como habían ensayado antes de la reunión.

—Tenéis ya mucha experiencia para ser conscientes de que ante tal situación de riesgo, y tal como establece una de las cláusulas de nuestro acuerdo, es muy probable que por nuestra parte se decidiese una desinversión, por lo que deberíais encontrar otro inversor que nos permitiese recuperar nuestro dinero.

Un sonoro silencio inundó la sala con la batalla más árida, el propio pensamiento. Y unos eternos segundos después, Robert continuó con su intervención.

—Por otro lado, podríamos hacer de la necesidad virtud y, a partir de toda la información obtenida, generar una nueva línea de negocio para la detección de pederastas basada en microexpresiones faciales. Estoy convencido de que podría reportarnos grandes beneficios dada la gran cantidad de escuelas, clubs deportivos o campamentos que estarían interesados en adquirir nuestra tecnología. ¿Qué opinas, Andy? ¿Valorasteis esta posibilidad en DigitalFace?

—En DigitalFace nunca se crearon bases de datos relacionadas con delitos de pederastia por los sesgos y problemas éticos a los que podía dar lugar el manejar ese tipo de información —intervino Andy—. Sin embargo, hace unos años sí que en otras empresas de reconocimiento facial se manejaron bases de datos tanto de pederastas como de los niños que habían sufrido abusos. Algunos departamentos policiales e instituciones infantiles utilizaron programas de inteligencia artificial basados en estas bases de datos, pero la gran cantidad de demandas interpuestas, tanto por potenciales pederastas que resultaron ser falsos positivos como por padres de los niños que presuntamente habían sufrido abusos, hicieron el negocio ruinoso y fue abandonado.

—Cualquier línea nueva de negocio exige tener totalmente desarrollada la tecnología y valorar muy detalladamente todos los pros y contras, así como el correspondiente estudio de mercado —explicó Diego intentando que la discusión no desembocase en una bola de nieve aún más difícil de manejar que la que tenían entre manos—. ¿Qué opinas tú, Alice? En el fondo, ha sido tu perspicacia y perseverancia las que nos han traído a este punto. ¿Qué deberíamos hacer con la información de la que disponemos?

Todas las miradas se volvieron hacia Alice, que sintió una pequeña opresión en el pecho. No esperaba que sobre ella cayese esta responsabilidad, bastante había aportado desenrollando la madeja. Alice respiró profundamente y se tiró a la piscina.

—Probablemente ninguno sabéis que en la Universidad McGill compaginé mis estudios principales en Física con estudios secundarios en Filosofía. Uno de los cursos más interesantes a los que asistí trató el tema del destino y la libertad, impartido por un profesor visitante español. El libro en torno al que se articuló el curso es de un autor español del siglo XVII llamado Calderón de la Barca. En *La vida es sueño*, se cuenta la historia de Segismundo, hijo del rey Basilio, llamado a sucederlo. Sin embargo, en el parto de Segismundo muere la reina y la lectura de las estrellas indica que Segismundo será un rey cruel. El rey Basilio lo oculta al pueblo y lo encierra en una torre para evitar que se cumpla dicha profecía. En el curso discutimos las consecuencias éticas de hacer prevalecer el destino a la libertad. ¿Tener predisposición para actuar de una manera significa que se vaya a actuar de esa manera? ¿Podemos detraer un derecho fundamental de una persona por esta predisposición? En definitiva, el curso intentaba responder a la pregunta de si el rey Basilio actuó correctamente desde el punto de vista ético, quizá librando a su pueblo de un rey tirano, pero negando a su hijo un derecho humano fundamental.

Alice hizo un silencio dramático, que le sirvió para escudriñar la reacción que su intervención estaba teniendo en los demás. Robert, habituado a hablar de inversiones y capitalizaciones, mostraba en su cara sorpresa e incomodidad. Emily, con la mirada perdida, se debatía internamente entre su instinto maternal protector y sus intereses comerciales. Andy, cada vez más seducido por las innumerables habilidades de Alice, intentaba encontrar algo en su interior en lo que poder apoyarse para dirimir semejante dilema moral. Recordaba vagamente una antigua película futurista del director Steven Spielberg titulada *Minority Report* y protagonizada por Tom Cruise, en la que se actuaba utilizando información del futuro para evitar potenciales asesinatos en el presente. Sin embargo, no llegó a ninguna conclusión clara y prefirió mantener la boca cerrada. Isabelle se afanaba en secarse una lágrima que resbalaba por su pómulo, tratando de contener la llegada de una segunda. Diego se había quedado en blanco, desbordado por una situación que no sabía cómo acometer. Alice dedujo que podía continuar su argumentación sin entrar en terreno demasiado pantanoso.

—Aquí estamos en un dilema similar al planteado en *La vida es sueño*. Creemos que Shaoran tiene tendencias pederastas pero no sabemos si alguna vez ha cometido abusos a menores y, si no lo ha hecho, si alguna vez lo hará en el futuro. ¿Podemos condenarlo por anticipado? ¿Debemos hacer prevaler su predisposición respecto a su actuación? Tenemos en nuestras manos una tecnología muy poderosa que exige una gran responsabilidad.

De nuevo una ola de silencio barrió la sala de reuniones. El motor del aire acondicionado era lo único que Alice alcanzaba a oír y parecía que todos hubiesen dejado de respirar.

—Si no hacemos nada y luego se producen abusos, como madre no me lo podría perdonar —dijo todavía emocionada Isabelle.

—Pero ten en cuenta que eso supone poner todo el proyecto en riesgo. Como ha dicho Alice, se trata solo de una posibilidad. Yo soy partidario de no comunicar esta información a la Escuela Raffles —concretó Robert acercando el ascua a su sardina.

Andy seguía sin encontrar alguna clave que le hiciera tomar partido por una u otra postura. Ante el *impasse*, interpeló a Alice confiando en su capacidad de análisis superior a la del resto.

—Por cierto, ¿cómo acaba el libro de *La vida es sueño*?

—Al cabo de los años el pueblo se entera de que el príncipe heredero está prisionero en una torre y lo libera, iniciándose una lucha entre las tropas del rey y las del príncipe. Gana Segismundo, pero cuando se encuentran padre e hijo, este se postra ante el rey, el cual, ante la bonhomía de Segismundo, abdica en él.

—Veis como llevo razón —aprovechó para decir Robert.

Diego sopesaba los sentimientos de su mujer, el éxito o fracaso del proyecto y un complejo problema moral sin fácil solución. De repente, se acordó de Michael, su pareja de pádel. Unas altas dosis de adrenalina compartidas todas las semanas, junto a la posterior cerveza en el bar del club, habían forjado una buena amistad entre ambos.

—Creo vislumbrar una salida —anunció Diego—. Tengo un contacto en la policía que podría revisar el historial policial de Shaoran. Si hasta la fecha no ha sido denunciado por ningún acto inapropiado de carácter sexual, podemos concluir que Shaoran es capaz de controlar esos impulsos. En ese caso, podríamos quedarnos razonablemente tranquilos porque ningún niño estaría en peligro, a la vez que no arruinaríamos la vida de Shaoran.

Diego vio alrededor de la mesa algunas expresiones de satisfacción y algunas otras inescrutables, pero ninguna manifiestamente contraria a su propuesta. Tal vez CajalLink pudiese salir airosa de semejante embrollo sin violar los principios éticos de los que siempre había hecho gala.

6 de julio de 2035 (Singapur)

Diego golpeó la pelota desde el fondo de la pista, iniciando el punto. El resto, en forma de globo, pasó por encima de Michael, quien se giró para ver el golpe de su compañero. Pero Diego llegó un instante tarde y su bola golpeó la red, no muy lejos de donde se encontraba Michael. Punto y partido para la pareja rival; hoy Diego no había tenido su mejor día. Los cuatro jugadores se dieron la mano en el centro de la pista de pádel.

—Parece que hoy no ha sido nuestro mejor día —bromeó Michael con Diego.

—Espero que esto no sea el principio de la cuesta abajo. A este paso nos olvidamos de los Juegos Olímpicos —respondió Diego siguiéndole el juego.

Diego había estado nervioso todo el día, pues esperaba que hoy Michael le dijese algo sobre el historial policial de Shaoran. La verdad es que no había dado pie con bolo en el partido. Se dirigieron al bar del club deportivo, pidieron una cerveza como tenían por costumbre y se sentaron en una mesa alejada de otros clientes.

—Debería jugar más a menudo para no hacerte perder, pero ahora estamos en una época de mucho trabajo en CajalLink —dijo Diego a modo de disculpa por su bajo rendimiento en el partido.

—A nuestra edad, lo de menos es ganar. De hecho creo que es peor ganar, porque te da una falsa ilusión de juventud y poderío que te puede pasar factura —añadió Michael para que su amigo se sintiese mejor.

—¿Tienes alguna información sobre nuestro hombre? —preguntó Diego, abordando ya sin tapujos su principal interés en ese momento.

—Nuestro pájaro está limpio. Nada relevante salvo un par de multas de tráfico por aparcar en doble fila. Parece un hombre de orden.

—Me quitas un peso de encima —confesó Diego liberando la tensión acumulada los últimos días.

—Aunque hay un pero...

Diego se quedó mudo, mirando fijamente a Michael.

—Sus registros de salida del país indican viajes frecuentes a Tailandia coincidiendo con los periodos vacacionales, de media dos veces al año. Sin razón aparente, dado que sus padres y su hermana también residen en Singapur. No sé si esta información te dice algo.

Por su puesto que esta información le resultaba muy relevante a Diego. A poco más de dos horas de vuelo desde Singapur, Tailandia era conocida por ser destino mundial del turismo sexual, incluyendo redes de prostitución infantil. Según había leído recientemente, hasta un cuarenta por ciento de la prostitución del país podría ser de carácter infantil.

—Ni idea. No me interesan sus viajes de placer —contestó Diego intentando disimular su agitación interior—. En cualquier caso, te agradezco mucho la información. Te debo una.

9 de julio de 2035 (Singapur)

Diego paseaba a su perrita Dori por un parque cercano a su casa. No se atisbaba ningún otro ser humano en las proximidades, así que soltó su correa para que pudiera campear con libertad. A las siete de la mañana, las primeras luces del amanecer todavía luchaban por hacerse un hueco entre los rascacielos. Diego había pasado la noche en blanco y lo cierto era que, en los últimos días, conciliar un sueño profundo y reparador representaba un lujo fuera de su alcance. Todas las cartas estaban encima de la mesa y se acercaba la hora de la verdad, ese momento que puede llegar en la vida en el que una decisión te define como persona. Él era el único que contaba con toda la información, por lo que la responsabilidad final, aunque solo fuese moral, sería únicamente suya. Gracias a Alice, habían conseguido detectar la amenaza que Shaoran podía representar para la integridad física de los niños de la Escuela Raffles. Y gracias a Michael, sabía que, hasta el momento, esa amenaza nunca se había materializado en Singapur, aunque quizá sí en

Tailandia. En el duermevela de los últimas noches, tenía un sueño recurrente en el que se encontraba en la ciudad de Sevilla, que visitó durante un congreso cuando realizaba su tesis doctoral. En el sueño aparecía un trilero que movía ágilmente los cubiletes, pero cuando levantaba uno de ellos, en lugar de aparecer la bolita, aparecían alternativamente las caras de Shaoran, de su hija Sophie y de su esposa Isabelle. No hacía falta ser muy perspicaz para interpretar el sueño, que mostraba a Diego las tres posibilidades a las que se enfrentaba: dar prioridad o bien al derecho a la privacidad y al libre albedrío que representaba Shaoran, o bien al derecho a la protección del menor que representaba Sophie, o bien a la supervivencia de CajalLink que representaba Isabelle. Si comunicaban la sospecha a la Escuela Raffles, era probable que todas las partes saliesen perjudicadas: arruinaría la vida de Shaoran, sus alumnos y sus padres quedarían traumatizados y hasta era posible que estos demandasen a la Escuela Raffles y, finalmente, CajalLink debería cesar sus actividades quedando en la ruina económica. Un auténtico caos, además de un drama para muchas personas. Si no comunicaban la sospecha, Shaoran, en el caso de ser un pederasta, seguiría campando a sus anchas, en Tailandia y quizá en la Escuela Raffles. Y si un día la amenaza se cumplía y se destapaba el caso, el propio Diego tendría que afrontar el remordimiento y, tal vez, una investigación judicial. Sintió un ligero vahído y se sentó en el banco más cercano. Al poco, Dori se acercó orgullosa, con un topillo moribundo entre sus dientes. «No seré yo quién condene de antemano a alguien inocente».

—Si os he convocado a esta videoconferencia, es porque tengo novedades respecto a Shaoran —dijo Diego aparentando tranquilidad. En la sala de reuniones de CajalLink, lo acompañaban Isabelle, Alice y Andy. Al otro lado de la pantalla, Robert y Emily escuchaban atentamente desde su oficina en Toronto.

—Estupendo, Diego —celebró Robert—. Dispara.

—El historial de la policía de Singapur dice que Shaoran está limpio como una mesa de quirófano.

—Es la mejor noticia que podías darnos —reconoció Robert exultante.

—Dos multas de tráfico por aparcar en doble fila, eso es todo.

—Eso nos facilita mucho las cosas —admitió Emily—. ¿Qué opinas, Isabelle?

—No han podido ser mejores noticias. No tengo inconveniente en seguir adelante sin dar parte a la Escuela Raffles.

La videoconferencia finalizó con algunos comentarios banales relativos a la diferencia horaria y a las vacaciones de verano que se aproximaban. Cuando Andy y Alice abandonaron la sala de reuniones, Isabelle se acercó a Diego.

—¿Tú estás convencido de que hacemos lo correcto?

—No te quepa la menor duda. Aunque vivamos de interpretar las señales del cerebro, sigo pensando que solo hay que juzgar a las personas por sus actos, no por sus pensamientos. Lo contrario sería negar el libre albedrío. Y me niego a pensar que soy un conjunto de circuitos neuronales sin ninguna capacidad de decisión, sin ningún tipo de conciencia humana.

Tras terminar la conversación con Isabelle, Diego salió de la sala de reuniones y se dirigió al servicio. Allí vomitó todo el desayuno y le entró un horrible dolor de cabeza. Ojalá en el futuro no tuviese que lamentar el haber ocultado a su mujer y al resto del gabinete de crisis de CajalLink los múltiples viajes de Shaoran a Tailandia. Isabelle nunca se lo perdonaría. Él nunca se lo perdonaría.

8 de septiembre de 2035 (Singapur)

Shaoran llegó a la sala de embarque con una hora de antelación. Estaba ansioso por comenzar las vacaciones del segundo semestre. Tenía por delante dos semanas placenteras en Pattaya[35]. Si

---

35 Lugar de vacaciones en Tailandia con un elevado índice de prostitución infantil.

disfrutaba con sus niños en la Escuela Raffles, no lo hacía menos con sus niños en Pattaya, aunque eran goces diferentes. En la escuela, podía exponer a los niños a todo su conocimiento. A esa edad son todavía como esponjas que lo absorben todo. Le gustaba pensar que una parte de él pasaba a formar parte de los niños, y en el fondo eso no era sino extender su semilla por el mundo. Aunque el ambiente de la Raffles era, en general, algo estirado y poco dado al contacto físico, se sentía querido por los niños. Para él esto era lo más importante, ya que en su filosofía de la enseñanza el conocimiento necesita primero de sentimiento. A veces, hasta sentía deseos de abrazarlos. Era un sentimiento extraño, como si su cuerpo quisiese fundirse con el de los niños en una sola alma. Este sentimiento le creaba una gran contrariedad. A veces, en la profundidad de la noche, se preguntaba si esto sería normal. ¿Sería esa misteriosa atracción la razón por la que nunca había tenido pareja y andaba perdido en el tema del amor? En Pattaya, por el contrario, estaba acostumbrado al contacto físico con los niños y adolescentes a los que frecuentaba. Tailandia estaba a dos horas de viaje de Singapur pero a millones de kilómetros en cuanto a cultura, nivel económico y forma de organizarse. Al principio, cuando se lo habían propuesto, pensaba que no disfrutaría y sentiría cargo de conciencia. Pero, a la postre, le había enganchado y volvía siempre que podía. El amor que le daban sus niños de Pattaya nunca lo recibiría en Singapur.

A lo lejos, Shaoran observó la llegada de sus compañeros de la oenegé, haciéndole regresar de sus cavilaciones. Conversaban con alegría, en consonancia con el magnífico ambiente que reinaba en el grupo. La satisfacción que producía salvar a tantos niños y niñas de las redes de prostitución que proliferaban en la zona compensaba todos los esfuerzos que les suponía desplazarse durante sus periodos de vacaciones hasta aquel barrio marginal de Pattaya. Poder ayudarlos a encauzar sus vidas de una manera digna daba sentido a su vida.

Capítulo 9

21 de septiembre de 2036 (Singapur)

A Alice, el ruido de los monoplazas le parecía ensordecedor. Si ya habitualmente buscaba los sitios silenciosos, el estrépito de una carrera de Fórmula 1 le resultaba casi doloroso. Deseaba que la carrera finalizase cuanto antes para volver a su vida baja en decibelios. Por el contrario, Andy y su hermano Alex parecían disfrutar con la orgía de luces y sonido que se extendía sobre la bahía, enfrente de la cual estaban colocadas las gradas en las que se situaba el público. «Si Alex no hubiese venido desde Nueva York para la carrera, ahora mismo me iría para casa, pero tampoco es cuestión de cortarles el rollo». Además, el hecho de que la carrera fuese nocturna para adaptarse al horario televisivo europeo estaba haciendo mella en sus constantes vitales, que la informaban de la alteración de su ritmo circadiano. Entendía que el acontecimiento era importante para el país, ya que era el único momento del año en el que los ojos de medio mundo miraban a Singapur, pero nunca le había interesado este deporte, al que ni siquiera consideraba un verdadero deporte. Según le había contado Andy, el Gran Premio de Singapur se había disputado por primera vez en 2008, carrera que había ganado el español Fernando Alonso tras una actuación muy polémica de su equipo. Desde entonces, se había celebrado cada año ininterrumpidamente, salvo los años de la pandemia. Intentó concentrarse en alguna otra cosa para quizá así mitigar el desfile de zumbidos. Recordando la conversación de la cena con Alex, había algo que había llamado su atención. Alex, que trabajaba en la secretaría de la Escuela de Posgrado de la Universidad CUNY de Nueva York gestionando los programas de máster, les había contado que, al elaborar las estadísticas de los mejores expedientes del curso anterior, el éxito de los estudiantes procedentes de China había sido apabullante. Todos en la Escuela de Posgrado estaban muy sorprendidos de su excelente rendimiento, ya que hasta ese año solían ocupar en los *rankings* puestos intermedios. Aunque la selección natural de un sistema educativo tan competitivo como el chino hacía que los estudiantes que llegaban fueran brillantes, en la mayor parte de los casos se encontraban con la barrera de la lengua y el choque cultural, lo que reducía su productividad. Tal y como les había dicho Alex, a los primeros expedientes les esperaban suculentas ofertas de trabajo, muchos de ellos podrían acceder a puestos de responsabilidad en grandes corporaciones o becas de investigación en las mejores universidades. «¿Qué había podido cambiar en tan solo un año? No tiene sentido».

1 de enero de 2037 (Singapur)

A la una de la madrugada, como era habitual desde que se mudó a Singapur, Alice recibió la llamada de Karen, su amiga inseparable durante los estudios en la Universidad de McGill. Dada la diferencia de doce horas con Montréal, era un buen momento para hablar y desearse lo mejor para el nuevo año. Además de brillante, Karen era una persona muy metódica, por lo que los profesores de los diferentes departamentos de Física se la habían rifado para que se quedase en la Universidad e hiciese un doctorado. Después del doctorado en la McGill, Karen había realizado una estancia posdoctoral en la Universidad de Oxford, consiguiendo, posteriormente, un puesto de investigadora permanente en el Centro de Materiales y Telecomunicaciones de la Universidad de Québec, donde actualmente lideraba su propio grupo de investigación.

—¿Cómo anda mi alma gemela? —preguntó Karen haciendo referencia a la época en la que se conocieron y en la que llegaron a la conclusión de que compartían la misma visión del mundo y los mismos fantasmas.

—Creo que Singapur se me está empezando a quedar pequeño —contestó Alice, siempre dispuesta a someterse al escrutinio de su amiga, incluso en los aspectos más íntimos.

—¿Y no te lo agranda ese novio tan guapetón que tienes?

—Estoy muy bien con Andy, pero creo que me conozco ya cada metro cuadrado de este país, es la antítesis de nuestra querida Canadá.

—Tú que siempre habías querido tener todo bajo control y ahora resulta que tienes una vida tan ordenada que la encuentras aburrida.

—El problema es que Singapur es una pequeña isla de orden rodeada de desorden, así que tampoco me gusta visitar los países del entorno. Me encuentro en una jaula de oro.

—¿Y qué tal va el trabajo en CajalLink, has vuelto a necesitar hacer uso de tus dotes detectivescas?

—El proyecto de la seguridad en los aeropuertos no ha dado grandes problemas, aunque estamos encontrando muchas dificultades para vender la tecnología en países con elevada regulación de la privacidad. Finalmente no va a ser tan sustancioso económicamente como habíamos previsto, pero nos ha dado mucha publicidad y estamos desarrollando otros proyectos interesantes. Cuéntame tú, ¿dónde te va mejor, en el amor o en el laboratorio? —preguntó Alice con tacto, consciente de que tras su reciente divorcio seguramente Karen habría pasado una mala época personal, compensada quizá con un indudable éxito profesional que seguía a través de las notas de prensa de la Universidad y alguna entrevista en los medios de comunicación.

—Vamos todos adaptándonos, aunque a Dan le cuesta entender que tiene que estar una semana conmigo y otra con su padre. Por mi parte, ya he dejado de preguntarme cómo llegamos hasta este punto y me veo más receptiva a explorar nuevos horizontes sentimentales. En cuanto al laboratorio, no me puedo quejar, me han dado un proyecto generoso que me permitirá continuar financiando el grupo de investigación otros tres años y han entrado nuevos estudiantes de doctorado muy brillantes. Vamos a tener que implantar una tercera lengua cooficial en el grupo, además del inglés y el francés. Tenemos dos nuevos estudiantes chinos que vienen con notas excepcionales de los cursos de máster.

Alice se quedó muda.

—¿Sigues ahí, Alice?

—Sí, Karen, perdona, se me ha ido la cabeza a otro asunto.

5 de enero de 2037 (Singapur)

Alice saludó a sus compañeros de CajalLink deseándoles un feliz año y se encerró en su despacho. A continuación, envió un mensaje a Awang, profesor de Informática de la Universidad Nacional de Singapur con el que coincidía en las clases de pilates, y le preguntó si estaba disponible para una videoconferencia, que de inmediato tuvo una respuesta positiva.

—¿Qué tal, Awang, cómo han ido las vacaciones?

—Algo caóticas. Fuimos a casa de la familia de mi mujer en Kuala Lumpur. En lugar de las cuatro horas habituales de viaje, nos costó casi el doble debido a una caída en los servidores de la autopista AH2 que inutilizó muchos de los coches autónomos. Al día siguiente, un sobrino se rompió el fémur patinando y pasamos tres días de idas y venidas al hospital. Entretanto, mi hija tuvo un episodio de diarreas, imagino que por el cambio de agua y de alimentación. En definitiva, regresamos con ganas de recobrar nuestra aburrida vida en este país en el que no sucede nada. ¿Tú qué tal?

—Estuvimos en Brunéi en casa de la familia de un compañero de CajalLink que nos hizo de cicerone por el país. Nuestras vacaciones resultaron menos azarosas que las tuyas. Incluso he tenido tiempo para alguna sesión *online* de pilates para no perder el ritmo.

—En mi caso nada de pilates, pero me forzaron a jugar un partido de sepak takraw, ya sabes, este deporte mezcla de fútbol y voleibol que tanto gusta en Malasia.

—Sí, ya recuerdo, jugué una vez y me resultó divertido aunque difícil. Por cierto, Awang, te quería hacer una pregunta relativa a vuestros másteres en Informática en el semestre anterior. Es posible que se abra un puesto nuevo para un informático en CajalLink y me preguntaba si habéis tenido algún estudiante que haya destacado, por si podemos echarle el lazo.

—Desde luego. De esta última hornada te puedo recomendar a dos estudiantes provenientes de la Universidad de Chengdu y de Pekín que han hecho unos exámenes casi perfectos. En pocas semanas acabarán los últimos exámenes y serían unos candidatos excelentes.

Alice le dio las gracias a Awang por la información y le dijo que le preguntaría por sus datos de contacto si, finalmente, se abría el nuevo puesto en CajalLink. «¿Qué está pasando con la nueva generación de estudiantes chinos que parece que los han dotado de superpoderes?». La curiosidad de Alice iba *in crescendo*.

6 de enero de 2037 (Singapur)

Alice se despertó de mal humor. Había dormido poco y a ratos, una señal de que seguramente tendría mal día. Durante el sueño había aparecido Jiyu, su antiguo compañero de origen chino de la época en la que la sede de CajalLink se encontraba en Montréal. En sus comienzos en CajalLink habían compartido sus respectivos sentidos del humor en la sala de juegos, lo que había creado entre ellos un buen ambiente, aunque sin llegar a establecer una relación de amistad. Cuando conversaban, siempre acababa con la sensación de que, a partir de un cierto momento, Jiyu desplegaba una barrera impenetrable para una mente occidental como la suya. Quizá de esto se trataba lo del choque de culturas. En cualquier caso, aprovecharía para enviarle un mensaje y preguntarle qué tal le iba. Creía recordar que había dejado CajalLink más o menos cuando sucedió lo de Thomas y, desde entonces, apenas habían intercambiado un par de mensajes al año para felicitarse por los respectivos cumpleaños.

> Querido Jiyu: Espero que todo te vaya muy bien. Esta noche has aparecido en mis sueños y quería preguntarte si eso es un buen presagio (sobre supersticiones los orientales sabéis más que los occidentales)... jejeje[36]. Yo sigo trabajando en CajalLink, aquí en Singapur, aunque a veces me despisto y sin querer me salgo del país (jijiji). Cupido me ha disparado una flecha y no hay modo de sacármela... ¿Tienes algún remedio contra esta contrariedad? Echo de menos Montréal y sus contrastes. Aquí, por no haber, no hay ni estaciones, así que cuesta encontrar una conversación comodín para el ascensor. ¿Qué tal tu mujer y tu hijo? Un abrazo, Alice.

7 de enero de 2037 (Singapur)

Alice amaneció preguntándose dónde estaba y quién era. Al cabo de unos segundos, la tozuda realidad le recordó que su nombre era Alice y que debería darse prisa para no llegar tarde a la reunión de las nueve. Antes de dormir se había tomado una benzodiacepina para asegurarse de que no enlazaba dos noches sin descansar. Como contrapartida, le costaría reactivar sus circuitos neuronales. Se duchó, se tomó un café doble y salió disparada para CajalLink.

La reunión informativa, que giraba sobre la prevención de ciberataques, le estaba resultando anodina (no le estaba aportando nada que no supiese), así que Alice aprovechó para consultar el correo. Se alegró al ver que Jiyu había devuelto su mensaje.

> Querida Alice: a la vez me sorprende y me agrada recibir tu mensaje. Rápidamente he consultado el calendario para ver si hoy era mi cumpleaños (jaja). Si sueñas conmigo quizá sea porque tu vida es

36 En el correo electrónico y las redes sociales se omite el uso de la coma recomendado por la RAE en esta expresión (je, je, je) y otras similares.

algo monótona, por lo tanto, me decanto por el mal presagio (jeje). No intentes sacar la flecha de Cupido, que hace daño. Mejor que se quede dentro o salga sola (jiji). Yo también echo de menos la vida en Montréal, especialmente la primavera, cuando la ciudad parece transformarse y las calles se llenan de animación. Actualmente trabajo en otro sitio agradable, San Diego, y aunque los primeros meses estuve solo, acaban de venir a vivir conmigo mi mujer y mi hijo, que ha finalizado recientemente en Nanjing el grado de Bioquímica y está aquí estudiando un máster en la Universidad de California. Ojalá un día volvamos a coincidir, mientras tanto recordaré las partidas de *ping-pong* en las que te hacía hincar la rodilla (jojo) y los cafés de la sala de juegos de CajalLink. Un abrazo, Jiyu.

Alice leyó divertida el texto y el juego de sílabas Ja-Je-Ji-Jo-Jiyu.

—Alice, ¿qué opinas? —preguntó Isabelle.

«Putain[37]», dijo Alice en voz baja. Otra vez la pillaban en las nubes.

8 de enero de 2037 (Singapur)

—Disculpa por lo de ayer, Isabelle, estaba leyendo un mensaje de correo y se me fue el santo al cielo.

—No te preocupes, Alice, en realidad la reunión no estaba siendo muy emocionante. Si hubiese estado del otro lado quizá me hubiera sucedido lo mismo. Creo que el tema de hoy sí te va a resultar interesante —dijo Isabelle mientras paseaba la mirada por el resto de asistentes a la reunión para atraer su atención, acabando de nuevo en Alice.

Alice se concentró en Isabelle, no solo para redimirse de su falta de atención del día anterior, sino porque un nuevo proyecto era lo que realmente la entusiasmaba.

---

37 En francés, '¡joder!'.

—Como recordaréis Diego y tú, hace unos años decidimos centrar el objetivo de CajalLink en el área de la seguridad; llevamos ya un tiempo trabajando en este mismo sector en un producto revolucionario que permitirá la continuidad de la empresa durante unos cuantos años. Diego y yo pensamos que es el momento de plantear nuevos horizontes —Isabelle hizo una corta pausa y continuó la explicación—: Andy, quizá tú no sepas que en Montréal, y durante dos años, yo llevé implantado un pequeño chip en mi nuca, igual que los niños de la Escuela Raffles, pero que se diferenciaba en que tenía una función adicional. Cuando yo me concentraba en un objeto, lugar o persona, se activaba una aplicación de mi teléfono móvil que me ofrecía la principal información sobre ellos, sin necesidad de teclearlo o decirlo en voz alta. Se trataba de una funcionalidad que nunca llegamos a explotar comercialmente por la imposibilidad de abordar a la vez la inversión de dos productos tan diferentes.

Diego retomó la argumentación llevándola un poco más lejos.

—En ese momento, hace ya casi una década, era necesario primero enviar la señal del neurochip a un servidor lejano para su descodificación, segundo buscar la respuesta y tercero que esta llegase de vuelta al teléfono móvil. En el nuevo neurochip que llevaron los alumnos de la Escuela Raffles, la neuroseñal se interpreta en el mismo chip, y se podía enviar la solicitud de información directamente al teléfono móvil, sin necesidad de enviar la señal externamente. Incluso en situaciones sin cobertura del móvil, podíamos tener una respuesta, ya que en el mismo móvil puede almacenarse una ingente cantidad de información, procedente de enciclopedias y bases de datos.

Alice captó enseguida las ventajas de la nueva tecnología.

—Sin necesidad de teclear o dictar la petición, la respuesta aparece directamente en la pantalla, así que, además de ganar tiempo, nadie a nuestro alrededor percibirá que hemos realizado una solicitud de información.

—¡Exacto! —exclamó Isabelle—. En una conversación, en una reunión o en un vagón del metro, miraremos la pantalla y obtendremos al instante una información valiosa que nos será de utilidad en la actividad que estemos realizando. Velocidad y discreción son las claves para el éxito de esta tecnología.

—La ventaja de la tecnología es, precisamente, que pasa prácticamente desapercibida —aseguró Diego mirando de reojo su nuevo teléfono móvil enrollado sobre su muñeca.

Se trataba del modelo de teléfono más vendido en el último año. Además de la comodidad de llevarlo sobre la muñeca, la pantalla había ganado en nitidez, la potencia del microprocesador se había mejorado notablemente y la capacidad de la memoria era considerable. Los notables avances en microelectrónica flexible durante la última década parecían definitivos para desbancar al tradicional teléfono de pantalla y electrónica rígidas.

—Por contra, esta tecnología exige la implantación del chip en la nuca del usuario —puntualizó Andy.

—Sí, es la verdadera limitación —respondió Diego —. Aunque la operación hoy en día es bastante sencilla, debe hacerse en una clínica especializada, lo que restringirá el número de usuarios.

—Si la tecnología acaba siendo elitista o de uso común dependerá del coste y acceso a la operación para implantar el chip —continuó Isabelle, que había estudiado junto a Diego de modo concienzudo los pros y los contras del modelo de negocio.

Alice se debatía entre si el nuevo producto de CajalLink sería exitoso o terminaría siendo una gran idea fracasada, como tantas otras. Si la implantación del chip resultaba ser un proceso costoso o de difícil acceso, la tecnología estaría disponible para una pequeña élite y habría que venderla cara para que saliese rentable. La mayor parte de los productos electrónicos que habían triunfado habían comenzado siendo caros y utilizados por unos pocos consumidores y con el tiempo se habían abaratado los costes de producción, siendo accesibles para una mayoría de la población. Pero en este caso, el hecho de necesitar acceso a una clínica médica podría ser un factor limitante de diferente naturaleza. Puesto que una clínica necesita un lugar físico y trabajadores, resultaba poco probable que en un futuro la reducción de costes fuese significativa.

—Afortunadamente, contamos con capital riesgo dispuesto a invertir para llevar la tecnología al mercado —continuó Diego—. Se trata de Lockhead.

Alice dio un respingo en su silla. Hasta ahora, el uso de la tecnología que habían desarrollado era exclusivamente civil pero Lockhead era una sociedad de capital riesgo gestionada por el Ejército de Estados Unidos que impulsaba proyectos de su interés que necesitasen un empujón final antes de salir al mercado.

—¿Y exigen exclusividad en el uso de la tecnología? —preguntó Andy.

—No exigen exclusividad indefinida —contestó Diego—. En ese caso no hubiésemos aceptado su inversión. Pero exigen un tiempo de carencia de cinco años antes de que su uso sea también civil.

Alice era consciente de los riesgos de depender de este tipo de inversión, ya que podía condicionar enormemente el desarrollo de todo el proyecto. Por no hablar de las potenciales implicaciones éticas derivadas del uso de la tecnología. Aunque, así de entrada, no le parecía que la tecnología pudiese ser utilizada con intereses espurios. Simplemente se trataba de hacer lo mismo que ya se venía haciendo, pero de modo más rápido y con mayor discreción.

9 de enero de 2037 (Singapur)

Para facilitar el encuentro, la oficina de Lockhead proponía una reunión en Los Ángeles el último jueves del mes de enero. Ellos viajarían desde Washington en un vuelo de seis horas y los miembros de CajalLink podrían tomar un vuelo directo de quince horas de duración desde Singapur. Como en todo gran proyecto, se recomendaba que la primera reunión fuese presencial para fomentar el buen ambiente y la confianza entre todos los participantes. Las siguientes reuniones se realizarían mediante videoconferencia. En esta primera reunión deberían fijarse tanto las líneas maestras de la parte técnica como el marco presupuestario en el que se desarrollaría el proyecto. Tenían por delante menos de tres semanas para preparar la reunión, todo un reto. Respecto a la parte técnica, sería necesario fijar tanto los componentes específicos del chip y sus prestaciones como las características de la aplicación que se instalaría en el móvil y la información que almacenaría en cuanto a enciclopedias, bases de datos, etc. Alice y Andy serían los principales responsables de esta parte. Por su lado, Diego e Isabel se centrarían en preparar tanto la planificación económica como la de la estrategia para la implantación clínica del neurochip.

27 de enero de 2037 (Singapur)

Después de atravesar el control de seguridad del aeropuerto Jewel Changi de Singapur, Diego e Isabelle se dirigieron hacia la sala de embarque de su vuelo. Diego iba mirando las cámaras de seguridad, que sabía estarían analizando su comportamiento con gran detalle. Como en todas las ocasiones que utilizaba el aeropuerto desde que el sistema de seguridad de CajalLink había sido implantado dos años atrás, no podía dejar de sentirse hipnotizado por ellas. Además, intentaba no pensar en nada, por si DORI detectaba alguna expresión facial fuera de lo común. Sin duda, el hecho de conocer las tripas del sistema ejercía un férreo control sobre su comportamiento, que perdía toda espontaneidad. Por su parte, Isabelle andaba pensando en su hija Sophie que, a punto de cumplir los dieciséis años, iba a quedarse sola en casa unos días por primera vez. Aunque era muy improbable que sucediese nada fuera de lo normal, la posibilidad de que su hija la pudiese necesitar y ella se encontrase a catorce mil kilómetros de distancia le producía gran intranquilidad. Afortunadamente, en el mismo vecindario residían sus mejores amigos de Singapur, que además tenían una hija de la edad de Sophie, y que muy amablemente se habían ofrecido para ocuparse de ella.

Mientras tanto, Alice disfrutaba del espectáculo que ofrecía el Rain Vortex, la cascada interior más grande del mundo, que el arquitecto Moshe Safdie había diseñado hacía veinte años para el interior del aeropuerto. La cascada se había convertido en un lugar de peregrinación para todos los que pasaban por el aeropuerto, resultando su punto neurálgico y su imagen más icónica. A lo lejos, observó llegar a Andy, con el que había quedado en verse en la cascada antes de dirigirse hacia la puerta de embarque. El tono desenfadado de Andy a la hora de vestir y comportarse minimizaba la diferencia de edad, que poca gente percibiría. Alice estaba muy ilusionada por el viaje a Los Ángeles, tanto por la reunión del proyecto como por los dos días libres que se tomaría con Andy a continuación. Tenían previsto alquilar un coche y visitar a Jiyu en San Diego, que se encontraba a tan solo dos horas en dirección sur, así como recorrer, tranquilamente, la costa entre las dos ciudades.

29 de enero de 2037 (Los Ángeles, Estados Unidos)

La organización del encuentro por parte de Lockhead había sido planificada con gran esmero. Los miembros de CajalLink dejaron el coche en el aparcamiento exterior del Museo Getty, donde Lockhead había alquilado una sala de reuniones y, antes de entrar al edificio, se acercaron a la zona de la plantación de cactus. La visión de la ciudad de Los Ángeles resultaba fascinante desde el montículo donde se había construido el museo hacía cuarenta años. Igualmente, resultaba impresionante mirar hacia abajo y contemplar la carretera interestatal 405 con su incontable número de carriles en ambas direcciones.

Cuando entraron en la sala de reuniones, los tres hombres que representaban a Lockhead estaban ya esperándolos. Uno de ellos, con uniforme militar y de nombre Tom, fue el que primero se presentó e introdujo a los otros dos, que no llevaban uniforme. Tras el primer intercambio de impresiones quedó patente que el militar era el supervisor del proyecto y los civiles eran los especialistas en temas técnicos y financieros, respectivamente. La reunión discurrió de modo ágil y, al final de la mañana, ya habían concretado todos los aspectos del proyecto, tanto desde el punto de vista técnico como económico.

Si todo salía como habían previsto, después del verano se comenzarían las pruebas piloto en una base militar. Dicha base contaba, además, con un hospital militar donde podría realizarse la implantación del chip. Si la prueba piloto salía bien, al año siguiente se extendería la tecnología a otras bases y escuelas militares. Para esta primera fase que duraría dos años, el único punto técnico que no habían previsto es que Lockhead quería que el chip incluyese también un GPS. Según su argumentación, si por alguna razón se perdía el móvil o se agotaba su batería, se podría seguir localizando al portador del chip gracias al GPS. Para la segunda fase del desarrollo de la tecnología, a partir del tercer año, además de comunicarse directamente con el móvil, el neurochip podría también comunicarse si fuese necesario con servidores externos vía 7G.

Al finalizar la reunión, los asistentes tomaron unos sándwiches y se dirigieron a una visita privada guiada por el museo, organizada por Lockhead. Tras una introducción al origen del museo, la fortuna del magnate del petróleo Paul Getty, la guía recorrió en primer lugar algunos cuadros destacados de la colección de pintura italiana y holandesa, deteniéndose en particular en los cuadros de Rembrandt. Después procedió a comentar algunos cuadros representativos de la colección de pintura española, explicando en detalle el universo pictórico de Sorolla, que Alice no conocía pero que encontró de una gran belleza y frescura. A continuación, se detuvo en un dibujo de Goya. El título del cuadro era *Pigmalión y Galatea*[38], y en él se veía al primero esculpir la estatua de la segunda, tal y como relataba el mito de origen griego. Según este, Pigmalión se enamoró hasta tal punto de la escultura que pidió a Afrodita que le diese vida, como así sucedió. En la representación de Goya, el personaje de Pigmalión era, en realidad, el mismo pintor autorretratado. La obra destacaba por la actitud dinámica y enérgica de Pigmalión. Al terminar la explicación de la pintura, Alice presintió la presencia de un nubarrón más negro que las *Pinturas negras* del propio Goya. «¿Y si CajalLink fuese el mismísimo

38 Foto 7, pág. 185.

Pigmalión y la nueva tecnología que estamos creando Galatea, que adquiere vida propia y se escapa a nuestro control?». El nubarrón no duró mucho, disipándose en cuanto entraron en la sala de pintura impresionista, donde *Los lirios* de Van Gogh brillaban con luz propia.

30 de enero de 2037 (San Diego, Estados Unidos)

Alice y Andy cruzaron en su coche de alquiler el puente Coronado que conectaba San Diego con la península que daba nombre al puente, situada en frente del centro de la ciudad y formando, entre medias, una bahía que de modo natural estaba protegida frente a las inclemencias del océano. Para ambos era la primera vez que visitaban la ciudad y coincidieron en que tanto sus vistas y su entorno como la temperatura, cercana a los veinte grados en pleno enero, eran placenteras. Una vez les diesen la habitación en el Hotel Coronado, situado en la península y reputado por su privilegiada ubicación enfrente del océano Pacífico, practicarían surf durante un par de horas, deporte al que Andy había logrado motivar a Alice desde sus primeras vacaciones juntos en Bali, y luego visitarían algún punto de interés.

El sol estaba ya bastante bajo en el horizonte y crecía la expectación en el entorno. Siguiendo la recomendación del personal de recepción del hotel, Alice y Andy se habían acercado a Sunset Cliffs, los acantilados desde los que se podía asistir a una bonita puesta de sol sobre el océano Pacífico. Previamente, habían visitado la cercana Punta Loma, donde habían visitado el faro, el museo y el Monumento Nacional al español Juan Rodríguez Cabrillo, quien había descubierto el lugar en el lejano 1542. Los turistas se dispersaban por los acantilados, bien pertrechados con sus cámaras de fotos y sus teléfonos móviles. Alice se acurrucó sobre el regazo de Andy mientras esperaban tranquilamente el encuentro del astro rey con su reflejo sobre el océano. Quizá, por primera vez en su vida, sentía una gran paz interior, y a ello contribuían enormemente tanto su relación con Andy como un trabajo estable en el que sentía reconocida su labor y que, además, en este momento no le daba ningún quebradero de cabeza. «¿Será esto lo que todos persiguen y que se suele denominar felicidad?». Siempre había pensado que lo máximo a lo que podría aspirar era a un estado de cierta paz interior, que se había consolidado desde que su madre había cumplido la pena de prisión de cuatro años impuesta por haber sido declarada culpable, aunque con atenuantes, del homicidio de su padre. Lo que el tribunal nunca llegó a saber es que aquella fatídica noche en la que Alice preparaba sus exámenes de acceso a la Universidad McGill y su padre llegó borracho a casa y comenzó a golpear a su madre, fue ella, y no su madre, la que lo zancadilleó y le asestó un golpe mortífero en la sien con el atizador de la chimenea. Sin embargo, este incidente, en lugar de unirla más a su madre, había creado entre ellas silencios difícilmente soportables.

31 de enero de 2037 (San Diego, Estados Unidos)

A propuesta de Jiyu, la cita sería en la terminal del ferry que conectaba la península del Coronado con el centro de la ciudad. Desde la cubierta del ferry, Alice y Andy, las «Super A's» como los solía llamar Diego cuando estaba de buen humor, oteaban el *skyline* de San Diego, que al neoyorquino Andy no le pareció nada especial. Sorprendía ver a los aviones desplazarse entre los edificios de la ciudad y aterrizar en el aeropuerto, muy próximo al mismo corazón de la urbe. Las gaviotas daban vueltas alrededor del barco y, antes de embarcar, habían visto también garzas y otras aves cuyos nombres desconocían. El viaje apenas duró unos minutos, aproximándose enseguida al impresionante portaviones USS Midway, convertido en museo naval a principios de siglo. Poco después, llegaban a la terminal del ferry.

Desde que vieron a Alice en la cubierta del barco, Jiyu y su mujer Maylin no dejaban de agitar sus brazos. No recibían muchas visitas, así que estaban contentos de ver una cara conocida y de hablar de tiempos pasados, que con el trascurrir de los años tienden a blanquearse con facilidad y recordarse con felicidad. Tras abrazarse y presentar a Andy, se dirigieron a la cercana estación de tranvía Santa Fe, desde la que tomaron la línea verde que, en veinte minutos, los llevó hasta Old Town, la antigua ciudad española, que seguía siendo uno de los lugares que más gustaban a los turistas que visitaban San Diego.

Mientras caminaban entre casas de aspecto colonial, tiendas de *souvenirs*, restaurantes e iglesias y museos de época, Alice y Jiyu se iban poniendo al día de sus avatares familiares y profesionales.

—Con lo escéptica que eras tú con el amor, parece que has encontrado tu media naranja —la provocó Jiyu.

—Debe de ser la edad, que nos ablanda.

—Algo tendrá también Andy...

—Es de esas personas que sabe coger arena entre sus manos y sostenerla sin apretar para que no se escurra entre los dedos.

—Me alegro, no lo dejes escapar. ¿Y qué tal tu relación con Singapur? Por tu último mensaje no parecías muy entusiasmada.

—No me veo jubilándome allí, la verdad. Tiene mucho mérito que hayan sido capaces de construir un país con tanto peso económico a nivel mundial a partir de un pequeño trozo de tierra que apenas era una zona pantanosa y rodeado de países tan alejados económica y socialmente.

—¿Tienes planes de cambiar pronto de aires?

—No tengo planes concretos. De momento en CajalLink estoy muy contenta con el trabajo. El programa de seguridad en los aeropuertos está funcionando bien y ahora estamos con el desarrollo de un nuevo proyecto muy ilusionante. Si no nos hubieses dejado tan pronto, quizá ahora estarías viviendo en Singapur, mucho más cerca de tu ciudad natal.

Jiyu era natural de la ciudad de Nanjing, que con casi diez millones de habitantes está situada en la desembocadura del río Yangtsé, no lejos de Shanghái.

—Hoy en día, China ha sucumbido a la globalización igual que el resto del mundo. Es ingenuo pensar que uno va a vivir toda su vida en el mismo lugar si tiene ciertas aspiraciones. Cuando estaba en Montréal me surgió una oportunidad laboral mejor remunerada y la aproveché —mintió Jiyu sin ruborizarse pero frotándose el ojo derecho, hecho que no pasó desapercibido para Alice—. Eso sí, seguro que una vez me jubile regresaré allí a vivir mis últimos años, es una tradición ancestral que mantiene la ilusión de los expatriados chinos.

—¿Qué tal está allí la situación? Y tu familia, ¿cómo está?

—Aunque muchas veces es menospreciado por otros estados y culturas, China no es un país cualquiera. Es una civilización milenaria que ha conseguido sobrevivir a muchos acontecimientos y que en menos de cincuenta años de aplicar políticas capitalistas se ha convertido en la primera economía mundial. Como en el resto de lugares, existen problemas internos, pero el progreso en la calidad de vida de la población ha sido enorme. Respecto a mis padres y suegros, estamos en permanente contacto gracias a las aplicaciones *online* y, por el momento, gozan de buena salud. Además, están bien arropados por el entorno vecinal y familiar. Para cuando empiecen a envejecer, quizá estemos ya de vuelta.

Tras visitar algunas de las casas del complejo turístico que albergaban tiendas de *souvenirs* o pequeñas exposiciones, decidieron que era el momento de reponer fuerzas. Jiyu había reservado mesa en un restaurante mejicano que tenía buenos comentarios en las redes sociales. Se trataba de un edificio de color blanco de una sola planta con una pequeña torre circular a la entrada donde había una cerámica que representaba el propio restaurante, cuyo nombre era Casa de Tijuana de Zaragoza. A Alice le sorprendió el nombre. Tijuana era la población espejo de San Diego al otro lado de la frontera con México, de la que distaba pocos kilómetros y con la que compartía un pasado común, como la influencia en ambas de la Misión San Diego de Alcalá. ¿Y Zaragoza? Preguntó directamente a su teléfono, que instantáneamente le respondió que durante unos años, al principio del siglo XX, el nombre de la ciudad había sido Tijuana de Zaragoza en honor a un general mejicano de apellido Zaragoza que había vencido a las tropas francesas el siglo anterior. Zaragoza, por otro lado, es una ciudad española de origen romano de un millón de habitantes que destaca por haber experimentado un meritorio desarrollo en el último decenio gracias a un ambicioso programa de economía basada en el conocimiento y el emprendimiento.

Al entrar en el restaurante se encontraron en un espacio amplio decorado al estilo mejicano, con muchos banderines y coloridas sombrillas, manteles, sillas y macetas. Tras tomar asiento y revisar la carta, decidieron comenzar compartiendo nachos y camaroncitos como entrantes. Como plato principal, mientras Alice y Maylin se decidieron por las fajitas, Jiyu y Andy lo hicieron por las enchiladas. Para beber, aparte de agua, pidieron unas margaritas Rolls Royce.

—Echo de menos los restaurantes mejicanos de Nueva York. En Singapur la oferta es muy limitada y la comida, menos auténtica —comentó Andy.

—Nosotros, cuando comemos fuera de casa, solemos alternar la comida mejicana, italiana y, por supuesto, asiática —continuó Jiyu—. Aunque Maylin es una gran cocinera y solo salimos para grandes ocasiones, como vuestra visita.

—A Alice le hacía mucha ilusión visitaros y la ocasión era pintiparada con la reunión en Los Ángeles —siguió el hilo Andy.

—¿Tenéis un nuevo proyecto con algún cliente en Estados Unidos? —preguntó Jiyu.

Como Andy no conocía el grado de confianza entre Alice y Jiyu, prefirió que fuese Alice la que continuase la conversación.

—Sí, se trata de un gran grupo inversor que quiere impulsar nuestra tecnología para crear nuevos productos —respondió Alice—. Aunque el mundo está tan globalizado, tal como decías antes, que hoy en día ya no se sabe la verdadera procedencia de los fondos y quiénes son los propietarios y los usuarios finales de los productos. Es algo que siempre me preocupa: que yo, personalmente, pueda ayudar a desarrollar una tecnología que, posteriormente, pueda ser usada con falta de ética y en perjuicio de determinados grupos sociales o étnicos. Nos dedicamos a crear hijos que luego van a tener vida propia y que pueden tomar caminos peligrosos. Por cierto, ¿qué tal tu hijo? Por lo que me dijiste va por muy buena senda.

—Sí, estamos muy orgullosos de él —contestó Jiyu mirando a su mujer—. Estudió el grado de bioquímica en la Universidad Tecnológica de Nanjing y obtuvo muy buenas notas. Ahora está estudiando un máster aquí en San Diego, en la Universidad de California y se lo está tomando muy en serio. A pesar de ser fin de semana, ha preferido quedarse a estudiar en casa.

Jiyu se tocó el cuello, lo que Alice interpretó como otra pequeña mentira. En realidad, Jiyu no había querido decir que su hijo se había negado a ir a comer con unos desconocidos, más aún teniendo en cuenta que era sábado, día en el que se reunía con la comunidad universitaria china del entorno de San Diego.

—Por cierto, he oído que últimamente los estudiantes provenientes de universidades chinas están teniendo mucho éxito en los estudios de máster —dijo Alice aparentando ser un comentario inocente—. ¿Tanto ha mejorado el nivel de las universidades chinas?

Jiyu dio un respingo en la silla y puso cara de sorpresa. No se esperaba esta pregunta ni tenía una respuesta convincente que dar. Él era un mero peón en toda la cadena. Tampoco podía esperar nada mejor, dado que su origen era humilde y su titulación como ingeniero informático había sido obtenida con notas mediocres. Así que la mejor opción para tener una vida desahogada y tranquila había sido aceptar, sin hacerse muchas preguntas, lo que le iban proponiendo sus jefes de HèChip. A veces tenía pesadillas en las que se veía a él mismo, y no a unos matones, asesinando a Thomas. Ni siquiera se había atrevido a preguntar por qué se habían desembarazado de él de esa manera tan cruenta. En su nuevo trabajo en la empresa NovelSight de San Diego, especializada en implantes oculares para visión artificial, aparte de desarrollar *software*, se dedicaba a hacer espionaje industrial y enviar a HèChip toda la información que caía en sus manos. Como premio a su eficiente labor, su hijo había sido seleccionado para un secreto programa experimental denominado «Estudiante aumentado» del que no tenía ninguna información adicional, pues su hijo había firmado una cláusula de confidencialidad cuya violación le acarrearía pena de cárcel. Lo único que sabía era que antes del curso había tenido que ir a una clínica en Shanghái, donde permaneció una semana. Aunque no se había atrevido a comentar el tema con nadie, Jiyu sospechaba que los recientes rumores sobre el elevado rendimiento académico de los estudiantes de máster chinos estaban relacionados con dicho programa. No le quedó otra que improvisar su respuesta mientras su pierna adquiría un temblor apreciable que Alice detectó de modo inmediato.

—No sabía nada. ¿Es así? Tal vez sea una fluctuación, aunque es posible que se esté generando esa tendencia dada la gran competencia que hay en el sistema educativo chino, la notable disciplina de sus estudiantes y las cada vez mejores herramientas disponibles para vencer algunas de las barreras tradicionales de integración y adaptación al sistema educativo norteamericano.

En ese momento entró en la sala la banda de mariachis Cielito Lindo del restaurante, que deleitó a los comensales con varias canciones populares en su versión reducida. Tras una sonora ovación de la parroquia, continuaron la conversación.

—¿Sigues metido en el tema de las neurotecnologías? —preguntó Alice.

Jiyu se relajó al ver que la conversación tomaba otros derroteros menos peligrosos.

—No, ahora estoy desarrollando *software* para una empresa que trabaja en implantes oculares basados en visión artificial. Se llama NovelSight, no sé si has oído hablar de ella.

—Yo sí he oído hablar de ella —respondió Andy—. Una hermana de mi madre sufría de una enfermedad degenerativa de la retina y le implantaron el sistema. Le hicieron una operación para colocarle el implante en la parte posterior del ojo, donde se hacen las conexiones con el nervio óptico que lleva la información al cerebro. Y tiene que llevar unas gafas especiales con una minicámara incorporada que envía las imágenes al implante.

—Sí, así es —confirmó Jiyu.

1 de febrero de 2037 (Los Ángeles, Estados Unidos)

Alice y Andy se aproximaban al aeropuerto para devolver el coche alquilado y coger el vuelo de regreso a Singapur. Aunque habían disfrutado bastante de estos días libres, Andy estaba sorprendido de la actitud distante de Alice a lo largo de ese día. Como ya empezaba a conocerla bien, decidió preguntarle a quemarropa.

—¿Qué es lo que te preocupa, Alice? Desde que hemos salido de San Diego pareces estar en una galaxia lejana.

—Estoy lejos de atar todos los cabos, pero creo que hay algo oscuro en Jiyu. Su lenguaje corporal de ayer lo delató, creo que nos mintió en varias ocasiones, lo cual es muy extraño. Estoy intentando recordar todos los detalles del episodio que acabó con la vida de Thomas en Montréal. Además, he revisado los correos electrónicos de la época, confirmando que Jiyu dejó la empresa tan pronto como se cerró la investigación policial, un mes después del homicidio.

—¿Crees que pudo ser el autor material de la muerte de Thomas?

—Eso no es posible. A la hora en la que, según el informe policial, se produjo el homicidio, Jiyu estaba con nosotros.

—Entonces, ¿qué relación puede tener con su muerte?

—He recordado dos hechos que se produjeron nada más que Thomas arrojó su teléfono a la cascada de Montmorency. Cuando abandonó el puente, pasó por delante de Jiyu, que estaba justo detrás de nosotras y pudo haber escuchado la discusión. Una vez salimos del puente, Jiyu realizó una llamada de teléfono y no hablaba en un idioma que yo conociese, probablemente era chino. Pudo, perfectamente, haber informado a alguien de lo sucedido, provocando el asesinato de Thomas.

—Pero, ¿qué razones podía haber para asesinarlo?

—Si el objetivo de Thomas no era solo el morbo de conocer los pensamientos de Isabelle sino dedicarse al espionaje industrial trabajando para un tercero y Jiyu formase parte de la red de espionaje, todo encajaría.

—Me cuesta creerlo, la verdad.

—¿Has leído *El Principito*? Una de mis frases favoritas es en la que dice que lo verdaderamente importante es invisible a la vista, de las personas solo vemos la corteza.

3 de febrero de 2037 (Singapur)

Alice e Isabelle tomaban café juntas en la sala de juegos de CajalLink por primera vez desde el viaje a Los Ángeles.

—¿Qué te pareció la reunión en Los Ángeles? —preguntó Isabelle.

—Tenemos que ponernos las pilas para tener todo listo en septiembre. Integrar el GPS en el neurochip no debería ser un problema técnico, y entiendo su interés en el ámbito militar. Sin embargo, me crea inquietud el grado de control que puede llegar a materializarse sobre una persona. En todo momento se podrá saber dónde se encuentra ese individuo y qué está pensando en presencia de otros que también lleven integrado el GPS. Si lo piensas, se podría llegar a reconstruir la conversación completa entre dos personas y lo que realmente está pensando cada una durante dicha conversación. La pérdida de privacidad puede ser total.

—Sí, tienes razón, un mal uso de esta tecnología puede ser desastroso.

—Me da miedo que en un momento dado la tecnología se escape de nuestro control.

—Intentaremos que no sea así. Por cierto, ¿qué tal está Jiyu, llegasteis a verlo en San Diego?

—Sí, parecía feliz. Quedamos para dar una vuelta y comimos con él. Vino acompañado de su mujer Maylin. Jiyu trabaja ahora en una empresa de visión artificial en San Diego y tienen un hijo bioquímico que está estudiando un máster en la Universidad de California. Sin embargo, el encuentro me creó cierta desazón y reabrió la herida de Thomas.

—Y eso, ¿por qué?

—Recordé ciertas escenas que me hicieron pensar que Jiyu podría haber estado metido en el ajo.

—¿Qué?

—Al comentar de pasada el tema, su lenguaje corporal mostró síntomas de estar mintiendo. Y recordé que Jiyu presenció la escena con Thomas en Montmorency y luego hizo una llamada de teléfono, donde pudo avisar a los ejecutores.

—Siempre en un segundo plano, jamás se me hubiera ocurrido pensar que Jiyu pudiese ser un infiltrado en la empresa. Si tienes razón y Thomas no actuaba por su cuenta, CajalLink sufrió un espionaje de alto nivel. ¿Quién podría habernos hecho eso y por qué?

—No lo sé. Lo que más me preocupa no es eso, sino lo que en estos años han podido hacer con nuestra tecnología. Si no tuvieron ningún miramiento para desembarazarse de uno de los suyos, menos lo habrán tenido para utilizar la tecnología en su propio beneficio.

25 de febrero de 2037 (Singapur)

Alice se despertó sobresaltada. A su lado, Andy, con el que llevaba conviviendo desde el regreso del viaje a Los Ángeles, dormía plácidamente. Habían decidido estar juntos unas semanas en el piso de Andy y, si todo funcionaba bien, en primavera alquilarían una casa. Salió a la terraza y tomó un poco el aire. En la pesadilla que acababa de tener, Alice se encontraba acorralada en el puente de una cascada, rodeada por Thomas y Jiyu. Pero no eran sus caras sino dos cabezas de robot las que la miraban amenazadoramente. Cuando se aproximaban tanto que quedaban al alcance de su mano, Alice saltaba del puente, momento en el que había despertado. Miró al horizonte, donde las primeras luces del alba luchaban por hacerse un hueco. Y, de repente, presintió que todo encajaba. Se acordó de la historia de la molécula de benceno, cuya estructura en forma de anillo fue propuesta por el químico alemán Kekulé cuando soñó con una serpiente que se mordía la cola.

19 de marzo de 2037 (Singapur)

Awang procedió a repartir los exámenes con actitud nerviosa. No iban a ser unos exámenes cualesquiera del máster de Informática. En la sala de profesores, Alice esperaba con ansiedad los resultados. Si su teoría era correcta, esta vez los dos estudiantes procedentes de Chengdu y de Pekín no obtendrían tan buenos resultados.

Durante la hora que duró el examen, Awang observó claros síntomas de agitación en ambos estudiantes, que parecían tremendamente incómodos. Cuando Awang avisó del fin del tiempo estipulado, los estudiantes procedieron a entregarle el examen y recoger sus teléfonos móviles, que habían dejado en la estantería habitual de la clase. Los dos estudiantes de origen chino le entregaron el examen sin atreverse a mirarlo a la cara, recogieron a continuación sus teléfonos y abandonaron el recinto rápidamente.

Cuando no quedaba ningún estudiante en clase, Alice entró y procedió a apagar el dispositivo que Michael, el amigo policía de Diego, le había prestado. Al estar debajo de la mesa del profesor, ningún estudiante se había apercibido de su presencia.

—¿Qué tal ha ido? —le preguntó Alice.

—Mientras el resto de estudiantes se ha comportado de modo normal, ellos han tenido una actitud extraña, han estado muy nerviosos. Me han entregado el examen sin ni siquiera mirarme y se han escabullido rápidamente. Creo que hay gato encerrado, como tú decías. Voy a corregir sus exámenes ahora mismo.

20 de marzo de 2037 (Singapur)

Diego entró en la sala de reuniones de CajalLink con el rostro desencajado. Vio a Isabelle, Alice y Andy tomando un café mientras lo esperaban. A Diego le pareció estar viviendo un *dejà-vû*, la situación se parecía mucho a la reunión de hacía dos años cuando Alice les contó que había resuelto el *conundrum*. Invitó a todos a tomar asiento y sin más dilación entraron en arena.

—Alice, resúmenos la situación, por favor.

—Los estudiantes procedentes de Chengdu y Pekín, que hasta el momento habían hecho unos exámenes perfectos en el máster de Informática, ayer obtuvieron unas notas mediocres.

—¡Joder, tenías razón! —no pudo Diego dejar de decir.

—El inhibidor de frecuencias de la policía de Singapur funcionó a la perfección, le debemos otra a tu amigo Michael —continuó Alice.

—¿De qué hechos exactamente estamos seguros? —preguntó Isabelle.

Alice comenzó a enumerar todas las evidencias que tenían hasta el momento.

—Sabemos que muchos estudiantes procedentes de universidades chinas llevan desde el año pasado consiguiendo resultados mucho más brillantes de lo habitual en estudios de máster de universidades de Estados Unidos, Canadá y Singapur. Con estos resultados se les están abriendo las puertas a puestos de gran relevancia en empresas y en la Administración pública de estos países. Desde ayer, sabemos que para conseguir esos excelsos resultados en los exámenes reciben información inalámbrica que se puede bloquear mediante un inhibidor de frecuencias. Los estudiantes no poseen ningún dispositivo electrónico externo que les permita recibir la información, así que, forzosamente, tiene que ser un dispositivo interno.

—¿Cuál es tu hipótesis, Alice? —consultó Diego sin saber, realmente, si quería conocer la respuesta.

—Por un lado, es necesario que el estudiante piense en la pregunta y este pensamiento se descodifique. Esto se puede hacer con un neurochip de primera generación, como el que Isabelle llevó implantado, o de segunda generación, como el que llevaron implantados los estudiantes de la Escuela Raffles. Estoy segura de que es de primera generación, porque con el inhibidor de frecuencias bloqueamos exactamente la frecuencia de transmisión 7G de los teléfonos móviles. Los estudiantes perdieron la conexión de sus teléfonos con el exterior y no pudieron descodificarse las señales que llegaban del neurochip a los teléfonos. Si hubiesen utilizado un neurochip de segunda generación, habrían descodificado directamente la neuroseñal en el chip y nuestro inhibidor no los hubiese afectado. Esto encaja con que Thomas vendió nuestra tecnología de primera generación a otra empresa que ahora la está utilizando.

—Entiendo cómo se envían las preguntas al exterior, pero ¿cómo se reciben las respuestas? —interpeló Andy todavía perplejo.

—Para eso hace falta un segundo implante —respondió Alice, creando un ambiente de suspense en la sala.

—¿Qué tipo de implante? —preguntó Isabelle.

—Tengo una hipótesis, pero vamos a necesitar demostrarla.

20 de marzo de 2037 (Pekín, China)

El enfado de Zhiming era mayúsculo. Los ingenieros de Hè-Chip habían llegado a la conclusión de que si el dispositivo había fallado durante el examen en la Facultad de Informática de Singapur había sido por una acción externa bien estudiada. Nada más acabar el examen, el dispositivo había vuelto a funcionar, por lo que habían concluido que lo más probable era que en la clase se hubiese instalado un inhibidor de frecuencias. Era un signo de que las buenas notas de sus estudiantes habían levantado sospechas. El riesgo de que el truco fuese descubierto y la tecnología quedara desenmascarada era alto. Todo el programa secreto del «Estudiante aumentado» pendía de un hilo. «Y todo por el estúpido de Jiyu». Todo apuntaba a que los empleados de CajalLink habían tendido una trampa a Jiyu en San Diego y que habían conseguido averiguar lo que se llevaban entre manos. Ahora quizá tendrían que hacer regresar a todos los estudiantes del programa y desinstalarles los implantes. Esto sería un desastre y tal vez fuese destituido del cargo de director de la empresa. Su propia vida tal y como la conocía estaba en jaque. «Y todo por el estúpido de Jiyu». La primera decisión del día había satisfecho su sed de venganza, que además esperaba resultase de ejemplo para el resto de sus empleados. Ya había dado instrucciones para que incorporasen material de pornografía infantil en el ordenador de Jiyu y había emitido un informe al Ministerio del Interior sobre la ruptura de la cláusula de confidencialidad de su hijo sobre el programa del «Estudiante aumentado» que, con toda probabilidad, conllevaría un juicio y pena de cárcel.

5 de abril de 2037 (Singapur)

Awang y Alice continuaban en alerta, concentrados en localizar el paso por el control de seguridad del aeropuerto de los dos estudiantes chinos que abandonaban Singapur tras la finalización del curso de máster. Gracias a la buena relación con el director del aeropuerto, hoy podrían llevar a cabo su plan y descubrir si la hipótesis de Alice era correcta. El vuelo de los estudiantes saldría en dos horas, así que en los próximos minutos deberían aparecer por el control de seguridad y pasar por el escáner de teraherzios.

Awang hizo el gesto acordado con Alice cuando vio al primero de ellos aproximarse al escáner. A continuación, Alice avisó al empleado de seguridad del aeropuerto para que pusiese a trabajar el escáner a la máxima resolución. El barrido del escáner fue lento, diez veces más lento de lo normal y, como consecuencia, la resolución espacial de las imágenes sería diez veces mejor de la habitual, capaz de distinguir pequeños dispositivos implantados de tamaño superior a un milímetro. El segundo estudiante fue el siguiente en pasar y de nuevo el escáner barrió su cuerpo en el modo de más precisión.

Awang y Alice se precipitaron en el despacho de Awang y cargaron en el ordenador las imágenes del escáner. Awang les pasó primero un programa comercial de reducción de ruido para imágenes. Después, cargó las imágenes en un segundo programa de inteligencia artificial que detectaba formas de elevada regularidad geométrica, desarrollado en su grupo de investigación. Como resultado, en el análisis de las imágenes del primer estudiante aparecieron dos estructuras que no deberían estar presentes: una en la nuca. «¡Línea!». Y otra en la parte posterior del ojo. «¡Bingo!». En el análisis de las imágenes del segundo estudiante, exactamente lo mismo. «¡Superbingo!».

6 de abril de 2037 (Singapur)

Las imágenes no dejaban lugar a dudas. El implante de la nuca era igual al neurochip de primera generación desarrollado en CajalLink.

—¡Maldito Thomas! —exclamó Diego.

—Tenías razón, Alice, nos copió los diseños y los vendió a otra empresa —continuó Isabelle.

—¿Qué opináis del implante en el ojo? —preguntó Andy.

—Lo más probable es que sea un implante similar a los que se colocan en la retina haciendo de interfaz entre el ojo y el nervio óptico para las personas con problemas de visión —contestó Alice—. Pero en este caso, no hay una cámara en las gafas del paciente que envía las imágenes al implante inalámbricamente, sino que lo que se proyecta desde el teléfono móvil son imágenes que contienen texto. Es decir, el texto necesario para responder correctamente a las preguntas del examen. De forma indetectable, el texto va proyectándose en la retina del ojo que alberga el implante. El cerebro no lo distingue de estar leyendo el texto del modo convencional.

—Indetectable salvo para alguien con tu perspicacia —apostilló Diego.

—¿Y qué deberíamos hacer ahora? —Isabelle dejó la pregunta en el aire.

—Seguramente ya saben que hemos detectado el modo con el que pretendían infiltrarse silenciosamente en las empresas y en la Administración para acabar controlándolas. Creo que abortarán el programa para no generar un conflicto diplomático —respondió Alice para, a continuación, hacer un silencio dramático y, posteriormente, retomar la palabra—. Pero existe otra posibilidad, que vengan a acabar con nosotros antes de que esta información pueda filtrarse. Como hicieron con Thomas. Debemos actuar rápido.

6 de abril de 2037 (Singapur)

El topo de HèChip que había vigilado durante los últimos meses a la decena de participantes del programa del «Estudiante aumentado» en Singapur esperaba pacientemente a las puertas de CajalLink. Las cosas se habían torcido: llevaba dos semanas con la única misión de vigilar a sus empleados, especialmente a una empleada de nombre Alice que parecía llevar la voz cantante. Si quedaban algunas dudas de que la artimaña de HèChip hubiera sido descubierta, estas se habían despejado el día anterior. Había seguido a Alice hasta el aeropuerto, quien iba acompañada del profesor del máster de Informática, y había visto cómo esperaban la aparición de los estudiantes. Probablemente, habían tomado algunas imágenes en el aeropuerto que luego analizaron en el despacho de la Universidad. Ya había transmitido esta información a su jefe de HèChip y estaba esperando nuevas instrucciones. Mientras tanto, debía informar de los movimientos en CajalLink. A su espalda, aparecieron dos coches de color negro de estilo diplomático. Cuando pasaron a su lado, vio que los coches portaban, bien visibles, los distintivos de la Embajada de Canadá. A continuación, vio salir del edificio a los cuatro empleados de CajalLink que cortaban el bacalao y cómo se montaban en los coches, cada uno portando una maleta. Envió un mensaje con el asunto «urgente» y se dispuso a seguir los coches. Al cabo de cien metros, un coche de la policía de tráfico de Singapur encendió sus luces y lo invitó a moverse a la derecha. Un policía se acercó y le pidió los papeles del vehículo. Los dos coches negros se perdieron de su vista.

6 de abril de 2037 (Singapur)

Zhiming dio órdenes para abortar las dos misiones en Singapur. Los dos sicarios, apostados cada uno respectivamente junto a la vivienda de los propietarios y los empleados de CajalLink, debían alejarse del lugar de la operación. Una vez protegidos por la Embajada de Canadá en Singapur, ya no se podía hacer nada que no desembocase en un conflicto diplomático al más alto nivel. Zhiming fue consciente de su fracaso y de su fatal destino. «¿Es justo ver cómo se evaporan los esfuerzos de más de una década, de toda una vida?». Zhiming se había dejado la vida por el éxito del proyecto y ahora caería en desgracia ante el ministro y el Partido. Él, que había luchado porque su país fuese respetado por los demás como la mayor potencia del mundo, pasaría a ser un paria. ¿Qué le esperaba ahora? «El destino de los perdedores». Zhiming sacó la pistola que le regaló su padre, que a su vez le había regalado el suyo para, llegado el caso, morir con dignidad. Esperando la llamada del ministro, se puso a repasar su vida. Lloró al recordar el rostro de su madre. El teléfono comenzó a vibrar.

24 de junio de 2037 (Montréal, Canadá)

El bizcocho de chocolate que había preparado Isabelle para celebrar el retorno de las actividades de CajalLink a Montréal estaba siendo muy disputado. Diego ofreció el último trozo a Alice, radiante desde su ascenso a directora de I+D, lo que llevaba aparejado un suculento porcentaje accionarial en recompensa por haber contribuido a la supervivencia de la empresa. La decisión de retornar la empresa a Canadá había sido consensuada entre todos los accionistas y el ministro del Interior de Canadá, que había distinguido a CajalLink como empresa de interés nacional y le había ofrecido una suculenta inversión para continuar sus actividades en el país. La amenaza que había sufrido Canadá había sido tan inesperada y brutal que las neurotecnologías habían pasado a ser consideradas del máximo interés gubernamental y, por ello, protegidas por un reciente decreto-ley aprobado de modo exprés. Ahora habría que indemnizar a Lockhead, el grupo inversor del Ejército estadounidense, ya que el decreto-ley aprobado impedía colaborar en proyectos estratégicos con países extranjeros. Diego abrió una botella de *champagne*, sirvió a todos una copa e hizo el brindis sin apartar la mirada de Alice.

—Brindo por el prometedor futuro de CajalLink en Montréal y por el inmenso talento que atesora la empresa.

24 de junio de 2037 (Washington, Estados Unidos)

El secretario de Estado y el secretario de Defensa, arropados por sus respectivos colaboradores, discutían acaloradamente en el Pentágono sobre las posibles estrategias que debían seguir. Al principio, la actuación del Gobierno de Canadá había sido ejemplar para el mantenimiento de las buenas relaciones entre ambos países. El hecho de que hubiesen compartido con ellos la información sobre la infiltración china en las universidades norteamericanas había permitido expulsar de Estados Unidos a los participantes en el programa del «Estudiante aumentado». Pero la reciente aprobación exprés del decreto-ley canadiense que, de *facto*, expulsaba a Lockhead de la tecnología de CajalLink, suponía un serio contratiempo. Aunque varias empresas y agencias gubernamentales de Estados Unidos estaban desarrollando potentes dispositivos en el campo de las neurotecnologías, no estaban todavía a la altura de los avances de CajalLink. El hecho de poder descodificar la neuroseñal en el mismo chip implantado en la nuca era una ventaja competitiva respecto al resto de desarrollos existentes. La combinación de este neurochip con implantes para visión artificial abría enormes posibilidades de aplicación. El riesgo de quedarse rezagados frente a otros países era demasiado elevado como para no tomar cartas en el asunto, lo que había precipitado la reunión.

—¿Para qué podría aplicarse la tecnología desarrollada en CajalLink? —preguntó el secretario de Estado.

—Nos preocupa especialmente el desarrollo por terceros países de cuerpos de élite policiales y militares con capacidades muy superiores a las nuestras —respondió el secretario de Defensa—. Si el sistema funciona bien, no habría posibilidad de error. El policía y el soldado recibirían de modo prácticamente instantáneo una información precisa o la respuesta a una pregunta, sin ni siquiera necesitar abrir la boca. Sería como estar conectado telepáticamente en tiempo real a una entidad que todo lo sabe y que va guiando de modo infalible.

—Entiendo. ¿Y dónde veis los mayores riesgos, aparte de en Seguridad y Defensa? —preguntó de nuevo el secretario de Estado.

Esta vez tomó la palabra el asesor del secretario de Defensa en Inteligencia Artificial.

—Señor, pensamos que estamos ante la primera posibilidad real de que el ser humano se divida en dos nuevas clases sociales: los que están aumentados mediante neurochips y los que no. En cualquier ámbito de la vida, estar dotado de esta tecnología te haría estar conectado de modo instantáneo con todo el conocimiento acumulado en su historia por el ser humano. Sería equivalente a estar continuamente asesorado por Dios, a pesar de no mostrar ninguna diferencia externa con sus congéneres no aumentados. Los humanos conectados a ese magma de sabiduría formarían una nueva estructura social y quizá algo parecido a una nueva especie mejorada.

—No pensaba que fuese tan grave. ¿Y qué podemos hacer en este momento? —preguntó el secretario de Estado mirando a los ojos al secretario de Defensa en actitud implorante.

—Creo que esta tecnología es imparable, no tiene sentido poner puertas al océano. Nuestra única opción es liderar el desarrollo de la tecnología y controlarla los primeros.

—¿Cómo podemos hacerlo?

—Es el momento de activar a nuestro agente infiltrado desde hace tres años en CajalLink.

—¿Tenemos un agente infiltrado en CajalLink? —preguntó exultante el secretario de Estado.

—Sí. Se trata de un neoyorquino, su nombre es Andy.

A modo de epílogos

Alberto Jiménez Schuhmacher

Investigador ARAID

Instituto de Investigación Sanitaria Aragón

Vivimos inmersos en una revolución biomédica que nos acerca a un momento decisivo en la forma de entender la vida, la salud y las enfermedades. La secuenciación del genoma humano en 2001 representó un hito en la historia de la humanidad. Descifrar los tres mil millones de letras químicas que componen nuestro ADN nos ha permitido avanzar enormemente en el conocimiento de muchísimas enfermedades y ayudarnos a entender qué nos hace humanos.

Hemos empezado a conocer el origen de miles de enfermedades raras y estas investigaciones están ya dando sus frutos en la búsqueda de nuevos tratamientos. La secuenciación de los genomas del cáncer, el abaratamiento de las nuevas tecnologías de secuenciación del ADN y el aumento de sus capacidades nos están llevando a una nueva oncología. Hemos podido comenzar a entender el naufragio genómico de los tumores y a examinar sus vulnerabilidades. Para muchos cánceres, la tecnología nos permite detectar ADN mutado liberado por un tumor en la sangre y comienza a guiarnos en sus diagnósticos y evolución. Este es un momento único en los laboratorios, hemos llegado a un punto de inflexión: podemos ganar batallas al cáncer. Vivimos en la *década D*(ecisiva) en la Guerra contra el Cáncer iniciada en los setenta. Hoy en día, la consulta de un oncólogo con su paciente es muy diferente a la de hace unos años, y será radicalmente distinta antes de lo que podamos imaginar.

La capacidad de manipular el ADN mediante tecnologías CRISPR/Cas9 que derivan de la curiosidad de un alicantino, Francis Martínez Mojica, al observar las secuencias de ADN repetidas en el genoma de unas arqueas llamadas *Haloferax mediterranei* en las salinas de

Santa Pola, nos llevan al amanecer de una nueva «Biocracia». Carlos López Otín la describe como «una forma sofisticada de poder basada en la Biología y en el conocimiento surgido en torno a nuestra capacidad de manipular el ADN de todos los organismos, incluyendo el de nuestra propia especie».

La pandemia ha puesto en evidencia que vivimos un momento apasionante y transformador de la biotecnología que no tiene precedentes y nos ha mostrado el inmenso poder de la biomedicina. Pese a todo el daño que nos ha infligido la covid-19, los avances en la investigación biomédica de las últimas décadas nos han permitido estar mejor pertrechados. En apenas unos días, se pudo secuenciar el genoma del SARS-CoV-2, el virus causante de la covid-19, algo que, por ejemplo, llevó años para el SIDA. A partir de su genoma, se pudo estudiar el virus y desarrollar inmediatamente pruebas de diagnóstico rápido, como las famosas PCR, para identificar a las personas contagiadas. En dos meses, se dispuso de un prototipo de vacuna inyectado en el primer humano, frente a los veinte meses que se tardó para la vacuna del SARS, el «primo hermano» de este virus que nos amenazó en 2002. En apenas tres meses, se alcanzó la segunda fase de ensayos clínicos en humanos, una etapa a la que nunca llegaron los proyectos de vacuna para el SARS. En menos de un año, varias vacunas contra la covid-19, algunas con tecnologías jamás ensayadas en humanos anteriormente, como las de ARN mensajero, fueron aprobadas por las agencias reguladoras batiendo todos los récords. El resto lo estamos viviendo.

El cerebro es el siguiente gran reto. La próxima gran revolución viene de la mano de las neurociencias, del desarrollo de las neurotecnologías y la inteligencia artificial. Sobre estos temas, el físico, profesor e investigador José María de Teresa nos invita a reflexionar en su *2037. Paraíso neuronal,* una novela de intriga, bien escrita y muy entretenida que nos lleva a conocer el día a día de la investigación, nos adentra en el mundo de las nuevas neurotecnologías y nos hace viajar planteándonos distintos dilemas y nuevos desafíos.

Santiago Ramón y Cajal es el «padre» de la neurociencia moderna. Describió que la neurona era la unidad fundamental anatómica y funcional del cerebro. Dejó escrito en sus *Recuerdos de mi vida* que la corteza cerebral es esencialmente lo que genera la mente humana. Para Cajal, en esta corteza, que ocupa la parte mayor del cerebro en los mamíferos y es donde se generan las actividades mentales y cognitivas, hay «selvas impenetrables» en las que muchos investigadores se habían perdido. Y se siguen perdiendo. Él mismo reconoció haberse perdido entre ellas intentando descifrar la maraña de conexiones y de neuronas que, hoy lo sabemos, está compuesta por más de ochenta mil millones de neuronas. Tantas o más que estrellas en nuestra galaxia.

«Como humanos, podemos identificar galaxias a años luz. Podemos estudiar partículas más pequeñas que un átomo. Pero todavía no hemos descubierto el misterio de las tres libras de materia que se encuentra entre nuestras orejas», decía Barack Obama, presidente de EE. UU., al presentar la iniciativa BRAIN (*Brain Research through Advancing Innovative Neurotechnologies*), el 2 de abril de 2013. Consciente de que llegábamos a un momento crítico en el desarrollo de nuevas tecnologías que iban a permitirnos decodificar el cerebro, quiso darles el impulso definitivo. Inspirado por el éxito del Proyecto Genoma Humano, quiso dejar su legado a la humanidad, siendo, además, intencionadamente consciente de las repercusiones económicas que tendría para EE. UU. liderar estas tecnologías. «La iniciativa BRAIN cambiará esto dotando a los científicos de las herramientas que necesitan para tener una imagen dinámica del cerebro en acción y una mejor comprensión de cómo pensamos, cómo aprendemos y cómo recordamos», anunció Obama. La iniciativa BRAIN, dirigida por el español Rafael Yuste, está dotada con más de trescientos millones de dólares anuales durante una década. Tiene el ambicioso objetivo de trazar un mapa de la actividad de cada neurona en el cerebro humano, o, más bien, el de crear las herramientas para medir y alterar la actividad de las neuronas, así como desarrollar programas informáticos para analizar los datos computacionalmente con el objetivo de poder abordar el gran reto de descifrar el cerebro en las próximos años. No es el único proyecto en esta dirección. Otros grandes proyectos multidisciplinares impulsan la neurociencia a escala mundial, como el *Blue Brain/Cajal Blue Brain* o el *Human Brain Project*, entre otros, que juntos han cristalizado en la Iniciativa Internacional del Cerebro.

La doctrina neuronal establece que la neurona es la unidad estructural y funcional del sistema nervioso. Sin embargo, los nuevos métodos ópticos y herramientas para el estudio de la electrofisiología han revelado que las unidades fisiológicas no solo pueden estar formadas por células individuales sino que también pueden estarlo por grupos de neuronas, y generar, de igual forma, propiedades emergentes y estados funcionales responsables del comportamiento, cognición y enfermedades mentales. No podemos ya mirar las neuronas de una en una. En esta nueva visión del cerebro, jugó un papel fundamental el aragonés Rafael Lorente de Nó, uno de los discípulos aventajados de Cajal. Actualmente, cientos de laboratorios de todo el mundo trabajan para descifrar el código neural, es decir, la relación entre la actividad de las neuronas y el comportamiento o los estados mentales mediante la comprensión de la función de los circuitos neuronales. Se ha comenzado a decodificar empleando modelos experimentales sencillos como la *Hydra vulgaris cnidaria*, que presenta un sistema nervioso simple encontrado en la naturaleza. En la hidra se puede medir la actividad de todas sus neuronas y su comportamiento. Poco a poco, se irá escalando a animales más complejos. Del mismo modo que el código genético, es concebible que el «código neural» y los principios básicos de la función de los circuitos neuronales estén conservados evolutivamente entre especies.

Aunque todavía no se ha descifrado el código de la hidra, el animal que tiene el cerebro más sencillo de la evolución, ya empiezan a estar disponibles técnicas, como la optogenética, que nos permiten disparar, encender o apagar neuronas o grupos de neuronas.

Las neuronas transmiten información a través de impulsos nerviosos que generan un potencial de acción, una onda de descarga eléctrica que viaja a lo largo de la membrana celular. La optogenética emplea virus para introducir canales iónicos microbianos sensibles a la luz de una determinada longitud de onda en células concretas. Así, al iluminar con láser de una longitud de onda específica una región del cerebro, se puede activar o desactivar eléctricamente una neurona. Tras un pulso de luz, la electricidad viaja a lo largo de la célula activada y lo transmite a las células con las que está en contacto. Gracias a esta tecnología, podemos entender qué neurona o grupo de neuronas son responsables de una determinada función o comportamiento, ayudándonos a descifrar el cerebro y a conocer el proceso de algunas enfermedades.

Así, por ejemplo, una vez se ha identificado en un ratón o una rata a las neuronas que se disparan cuando están realizando un comportamiento concreto, como puede ser beber al recibir un estímulo visual, se puede intervenir en su comportamiento y alterarlo. Comenzamos, por tanto, a romper el código neuronal y, a base de medir y modular la actividad cerebral, podremos modificar a voluntad el comportamiento del animal.

Por otro lado, se está trabajando en interfaces cerebro-computadora que estimulen los circuitos neuronales. Así, ya se ha conseguido que personas con parálisis conectadas a un brazo robótico a través de un ordenador y una interfaz cerebro-computadora de unos pocos electrodos, a fuerza de entrenar, con su pensamiento, hayan podido mover el brazo robótico permitiéndoles beber por primera vez en más de quince años por su propia voluntad. En la actualidad, se está trabajando en chips diminutos, inalámbricos y flexibles capaces de registrar la actividad de un millón de neuronas, y que tienen cien mil electrodos que podrían emplearse para estimular otras tantas neuronas. Con estos avances se está abriendo la puerta a hacer posible una modulación y manipulación de la actividad cerebral de un modo muchísimo más sofisticado a lo realizado hasta ahora.

Pese a estar basados en algoritmos matemáticos y una arquitectura relativamente simple, los ordenadores y las tecnologías de computación nos han cambiado la vida. ¿Qué ocurrirá cuando podamos descifrar el cerebro? ¿Qué pasará cuando podamos copiar estos algoritmos naturales que bioinspiren a nuestra futura tecnología? ¿Qué ocurre en el cerebro cuando aprendemos? ¿Podremos potenciar nuestra inteligencia? Cientos de preguntas surgen y se debaten de forma muy inteligente en *2037. Paraíso neuronal*.

Las nuevas tecnologías nos ayudarán a mejorar la vida de muchas personas y a encontrar nuevos tratamientos para enfermedades que hoy no tienen cura. Tenemos el deber de potenciarlas. Estas nuevas neurotecnologías van a impactar en todo. Transformarán la medicina, la economía y la sociedad del futuro de un modo que todavía no llegamos a imaginar.

Pero en ellas también se intuyen ciertos peligros. Combinadas con la inteligencia artificial, las nuevas neurotecnologías podrían emplearse, por ejemplo, para descifrar y manipular procesos mentales, incluso de forma no invasiva. Podrían «aumentar» cognitivamente a las personas conectándoles interfaces cerebro-computadora y, por tanto, llegar a alterar lo que significa ser humano.

Científicos como Rafael Yuste abogan por añadir unos nuevos derechos a la Declaración Universal de Derechos Humanos. Los «neuroderechos» deberán garantizar nuestra privacidad mental, nuestra identidad, el libre albedrío, el consentimiento, la ausencia de sesgos y el acceso a un aumento cognitivo justo y equitativo. Debe asegurarse que esta nueva revolución tecnológica sea canalizada, en todo momento, en beneficio de toda la humanidad.

José María de Teresa nos recuerda también en *2037. Paraíso neuronal*, muy inteligentemente, que no debemos olvidar que, en medio de tantas certezas tecnológicas, en la biomedicina siempre habrá un lugar para la incertidumbre, ese espacio difuso y gris que los algoritmos para predecir comportamientos, diagnosticar enfermedades o seleccionar tratamientos no serán capaces de llenar.

María López Valdés

Cofundadora y CEO de Bitbrain

Hace un siglo, la comprensión del cerebro humano era tremendamente primitiva. Gracias a ingeniosos experimentos, se sabía que ciertas lesiones cerebrales causaban problemas específicos, como pueden ser la pérdida del habla o de la vista. También en esa época se desarrolló, de la mano del premio nobel español Santiago Ramón y Cajal, la doctrina de la neurona, una doctrina que identificaba células individuales (las neuronas) como componentes clave del cerebro y del sistema nervioso. Sin embargo, pese a la importancia de todos estos hallazgos, solo se tenía una visión borrosa del cerebro humano. Nadie sabía cómo se comunican las neuronas o el nivel de complejidad de las conexiones neuronales, y nadie sabía cómo estas células colaboran para guiar nuestro comportamiento, activar nuestra memoria o hacer aflorar nuestras emociones. De hecho, el campo de investigación conocido como neurociencia ni siquiera existía, y no se conoció como tal hasta la década de los sesenta.

Desde entonces, un enfoque multidisciplinar de la neurociencia, unido a un rápido desarrollo tecnológico para estudiar el cerebro humano y procesar datos, nos ha permitido adquirir conocimientos a un ritmo trepidante a la vez que nos ha cambiado profundamente la concepción que teníamos del funcionamiento y organización de nuestro cerebro.

Pese a todo, aunque podamos decir que la neurociencia ya ha superado la etapa de su «infancia», todavía está muy lejos de alcanzar la madurez. A día de hoy, dar sentido a la complejidad del cerebro es quizá más difícil que nunca. Es cierto que tenemos muchos más datos y, con ellos, muchísimas más piezas del puzle que supone nuestro cerebro, pero la complejidad de ese puzle es tal que es tremendamente difícil encontrar cómo encajar las piezas, así que estamos todavía a años luz de saber cómo funciona el cerebro humano y, seamos honestos, es más que posible que nunca lleguemos a saberlo.

Con estas premisas, es tentador pensar que una novela como *2037. Paraíso neuronal* es tan solo una novela de ciencia ficción. En ella, José María de Teresa se imagina un mundo con implantes cerebrales que interpretan nuestros pensamientos, un mundo donde la neurotecnología nos permite anticiparnos al comportamiento del individuo, un mundo que se enfrenta a grandes dilemas éticos en torno a la privacidad o al libre albedrío.

¿Cómo va a ser posible ese futuro si quizá nunca seamos capaces de entender el cerebro humano? ¿No es en realidad *2037. Paraíso neuronal* el resultado de la imaginación desbordante del autor? Personalmente, no me atrevería a afirmar tal cosa.

Quizá nunca lleguemos a entender completamente el funcionamiento del cerebro humano, pero tenemos infinidad de ejemplos que demuestran que desarrollar una neurotecnología no requiere de una comprensión perfecta del cerebro. Podría decirse, incluso, que ni siquiera requiere de una buena comprensión... A día de hoy, ya sabemos cómo registrar señales cerebrales que controlen prótesis robóticas; cómo estimular la corteza visual para permitir a personas ciegas «ver» patrones visuales; cómo usar una neurotecnología para entrenar nuestras capacidades cognitivas de una forma eficiente..., y también sabemos cómo comunicarnos con un paciente en coma.

Todos estos avances son resultado del interés global que la neurotecnología ha generado en los últimos diez años. Gobiernos de todo el mundo (EE. UU., Europa, China, Rusia, Japón, etc.) han lanzado ambiciosos programas de investigación en torno a la neurotecnología, sumando en total una inversión de más de diez mil millones de dólares. También se ha disparado el número de nuevas empresas neurotecnológicas, con una inversión privada que supera ya los cinco mil millones de dólares. Incluso Elon Musk, tras revolucionar la industria del automóvil con Tesla y apostar por la industria espacial con SpaceX, se ha dejado seducir por la neurotecnología. El magnate fundó en 2017 su propia empresa de neurotecnología (Neuralink) con el objetivo de conectar el cerebro humano a sistemas de inteligencia artificial en la nube.

Y de cara al futuro, el Foro Económico Mundial ha clasificado la neurotecnología como una tecnología profunda (*deep tech*). Para aquellos que no estén familiarizados con el término, una *deep tech* se define como un avance científico-tecnológico que tiene el potencial de cambiar profundamente la forma que tenemos de vivir, trabajar y relacionarnos.

Efectivamente, el desarrollo de la neurotecnología puede tener consecuencias desconocidas hasta hoy. Este avance puede impactar de un modo extremadamente positivo: mejorando y alargando la vida de los seres humanos, simplificando la comunicación con las máquinas, reduciendo nuestros sesgos no conscientes y, con ello, ayudándonos a ser mejores personas... Pero también puede impactar de una forma impredecible y no siempre positiva: generando nuevas brechas en la población, coartando nuestro libre albedrío o llegando, incluso, al extremo de cambiar nuestra propia naturaleza humana.

En cualquier caso, queramos o no, la neurotecnología ha venido para quedarse y va a continuar desarrollándose en los próximos años a un ritmo vertiginoso. José María de Teresa no solo nos deleita con una novela entretenida y fácil de leer, sino que el autor nos plantea un más que posible desenlace del futuro de la neurotecnología. Con él, aborda interesantes dilemas éticos con los que, estoy segura, nos vamos a encontrar en un futuro.

Por lo tanto, invito al lector no solo a disfrutar de esta novela, sino también a ponerse en la piel de los protagonistas y a plantearse cómo actuaría en su situación. Es absolutamente necesario que la sociedad reflexione sobre el futuro de la neurotecnología. Tenemos que decidir hasta dónde queremos llegar, fijar los límites y acordar los avances. No podemos sentarnos pasivamente a ver cómo los demás crean neurotecnologías cada vez más avanzadas. No nos podemos permitir el lujo de llegar a un punto de no retorno. Además, es absolutamente necesario que esta reflexión la abordemos a nivel global, con unas normas y guías de desarrollo comunes que apliquen todos los países, todas las empresas y todos los individuos. La neurotecnología no es ciencia ficción, es ya una realidad. *2037. Paraíso neuronal* nos dibuja un futuro plausible.

Hagamos como José María de Teresa e imaginemos nuevos desenlaces. Hacerlo nos permitirá estar preparados para tomar las decisiones adecuadas en el futuro. No es solo una cuestión de maximizar el impacto positivo de la neurotecnología, la cruda realidad es que nos estamos jugando nuestro futuro como especie.

Notas finales del autor

En la lengua indígena de las islas Hawai, la palabra *kupuna* indica la presencia y sabiduría que nuestros antepasados nos transmiten como punto de partida de un crecimiento personal. Si se me permite trasladar este concepto al ámbito científico, podríamos afirmar que todo investigador recibe un *kupuna* científico, que incluye un conocimiento técnico y un bagaje ético, cuyo ensamblaje será la base sobre la que debe construir el *kupuna* científico que heredará la siguiente generación de investigadores. No hay sentimiento más poderoso que el sentirse el eslabón de una cadena que a la vez nos conecta con nuestro pasado y nuestro futuro. Es en este marco conceptual en el que nace *2037. Paraíso neuronal*, conectando lo mejor de nuestro pasado científico con un futuro incierto que todavía tenemos que definir. Retomando las lúcidas palabras de Irene Vallejo en la entrega del Premio Aragón 2021: «En los libros, donde vive y sueña nuestra familia de papel, nos aguardan las ideas y las palabras que tejerán el relato que seremos», considero que todavía estamos a tiempo de que la sociedad distópica que seremos en pocos años sea una sociedad más libre y justa, y me atrevo a imaginar que *2037. Paraíso Neuronal* contribuya a tamaña hercúlea tarea.

La novela que habéis tenido la paciencia de leer se empieza a crear en mis circuitos neuronales el 1 de mayo de 2019, cuando descubro que en 1906 coincidieron en la ceremonia de entrega de los Premios Nobel el descubridor del electrón, el inglés Joseph John Thomson, y el padre de la neurociencia, el español Santiago Ramón y Cajal. En un momento en que los dos campos que descubrieron, la electrónica y la neurociencia, comienzan a converger, me pareció que semejante coincidencia podría ser la semilla para una novela donde la electrónica y la neurociencia fueran las protagonistas. Podemos considerar que el círculo se comenzó a trazar en 1906 y estamos en el camino de cerrarlo, como se muestra en la novela que acabáis de leer. Los otros dos ingredientes principales del libro han sido la novela de George Orwell *1984*, que volví a releer con una nueva perspectiva, y la conferencia que impartió en la Universidad de Zaragoza el profesor Rafael Yuste, director del proyecto *Brain* impulsado por Obama, que abordó con el mismo entusiasmo las partes técnicas como los peligros de un mal uso de la neurotecnología. Las posibilidades que ofrece este nuevo mundo neurotecnológico son inmensas y van desde el ser humano aumentado a los *cíborgs* (mezcla de ser humano y máquina electrónica) y, finalmente, a los robots que sobrepasan las capacidades del ser humano y pueden prescindir de él. Por aquí cerramos otro círculo personal, porque si acabé forjando una vocación científica fue, en parte, gracias a las lecturas de juventud de Isaac Asimov, creador de las tres leyes de la robótica.

Salvando las distancias, enormes por mi muy limitada pericia literaria, la novela que tenéis entre las manos es la actualización del mensaje encerrado en *1984*, novela publicada en 1949 cuando empezaban a hacerse realidad avances tecnológicos que podrían llegar a permitir un control tan férreo de la población como para poder reescribir la Historia y vivir en un mundo que hoy denominaríamos de posverdad. El único resquicio que se muestra en *1984* es la imposibilidad de acceder a nuestra parte más íntima, nuestro cerebro. Como habéis podido comprobar leyendo la novela, estamos en el proceso de acceder al cerebro y quedar completamente desnudos para las organizaciones que posean el control de la neurotecnología. Es, por tanto, el momento de sentar las bases para un desarrollo ético de la neurotecnología antes de que su avance sea imparable y seamos incapaces de controlarlo.

Aunque todavía hay desafíos técnicos que vencer para un uso masivo de la neurotecnología, las interfaces cerebro-máquina comienzan a ser una realidad, presentando un potencial extraordinario para aumentar las capacidades del ser humano. Como bien ha demostrado la historia de la ciencia, todo avance tecnológico disruptivo debe ir acompañado de una regulación y de una reflexión sobre sus consecuencias éticas. Nadie puede imaginar, por ejemplo, que el avance tecnológico que supone la manipulación del ADN se haga sin regulación y sin comités éticos que valoren los experimentos que se proponen. Igualmente, las interfaces cerebro-máquina conllevan unos enormes desafíos éticos que habrá que debatir en los próximos años. Hay científicos, como el profesor Yuste, muy implicados en trabajar en esta dirección, habiéndose propuesto cinco derechos fundamentales en el ámbito de la neurotecnología: derecho a la identidad personal, derecho al libre albedrío, derecho a la privacidad mental, igualdad en el acceso a las nuevas herramientas que permiten aumentar la capacidad mental y el derecho a eliminar el sesgo de los algoritmos de inteligencia artificial con los que se tratan los datos. Hay países como Chile que ya han aprobado incluir estos neuroderechos en la nueva constitución que se está redactando.

Mi visión y valores están alineados con esta estrategia proteccionista, que propugna un desarrollo ético y regulado de la neurotecnología. Es en este contexto en el que debe entenderse el mensaje subyacente en la novela. De hecho, así debe entenderse el título del libro: igual que hay países donde no se respetan las normas éticas de la economía y son considerados paraísos fiscales, no es descabellado imaginar que habrá países que quieran liderar los desarrollos en neurotecnología a través de una legislación laxa en neuroderechos que atraiga a las empresas del sector. El término 'paraíso neuronal' sería el que describiría el comportamiento poco ético de dichos países. El escenario elegido es Singapur, un pequeño país considerado un paraíso fiscal por algunas organizaciones y donde existe un enorme desarrollo tecnológico. La novela pone a prueba a los protagonistas, enfrentándolos a un enorme dilema ético: informar o no a la escuela Raffles de que uno de sus profesores puede ser un pederasta. El objetivo es que el lector reflexione sobre la postura que cada uno tomaría en esa situación. En este dilema se ponen en juego el derecho a la privacidad mental del profesor, el derecho a la protección de los alumnos y la supervivencia de la empresa CajalLink, por lo que los protagonistas usan argumentos que varían según se inclinen más a ponerse en la piel del profesor, del alumno o de los propietarios de la empresa.

2037. Paraíso neuronal es una novela de plena actualidad en el ámbito científico y tecnológico que pretende mostrar al lector los recovecos de la neurotecnología, que puede pronosticarse con bastante fiabilidad que llegará como un tsunami para redefinir las esencias del ser humano. Espero que este libro represente un modesto pero necesario granito de arena en el objetivo de que el resultado de este proceso sea un ser humano aumentado en la mejor de las acepciones del término.

Agradecimientos

Para acabar, me gustaría reconocer en este último párrafo a las personas que, de una u otra manera, han contribuido a que el autor y, por ende, el lector, hayamos llegado hasta aquí:

Joaquín Casanova, editor del magnífico equipo de Mira, por hacer posible la publicación de mi primera novela, y Berta Sariñena, quien, a pesar de encontrarse ante un *rookie* literario, desde el minuto uno hizo suyo este *2037. Paraíso neuronal.*

Andrés Horno, amigo e incansable lector que agita las potencialmente apacibles mañanas de los domingos con sus provocaciones intelectuales. Gracias por tus minuciosas revisiones de las versiones cero y uno del texto.

Alberto Jiménez Schuhmacher, cajaliano confeso y agitador de la escena cultural y científica aragonesa, por la esmerada revisión del manuscrito y sus valiosas aportaciones, así como por la escritura de uno de los epílogos.

María López Valdés, precursora en Aragón de las neurotecnologías, por su disponibilidad y su contribución con el segundo epílogo.

Scott Mitchel, compañero escocés del Instituto de Nanociencia y Materiales de Aragón, por su revisión de la versión en inglés del texto, que quizá vea un día la luz.

Los amigos y compañeros del mundo científico que me han precedido en actividades literarias, cada vez más accesibles al escritor voluntarioso, y que, directa o indirectamente, me animaron a evadirme del microcosmos científico para adentrarme en el microcosmos literario: Román Abadías, amigo de la infancia y actualmente divulgador científico; Jesús Santamaría, compañero del Instituto de Nanociencia y Materiales de Aragón y novelista; igual que Enrique Joven, antiguo compañero de laboratorio; divulgadores como Marta Peirano, Jorge Mira, Miguel Angel Sabadell e Ignacio Mártil, y amigos como Sergio Vílchez, Jorge García Dihinx y Chema Cebolla, autores de libros de las más variadas temáticas que a veces incluyen pizcas de ciencia.

Todos los que me han acompañado en mi trayectoria personal y científica y que, de una u otra manera, han contribuido a que me interese no solo por la ciencia, sino también por todos los aspectos éticos que la rodean. De la primera parte de mi vida, me gustaría mencionar explícitamente a mis padres (Cándida y José María), hermana (Helena) y resto de familiares, así como los profesores, amigos y compañeros de los colegios Bajo Aragón y Marianistas de Zaragoza. De la segunda parte de mi vida, no puedo dejar de nombrar a los magníficos profesores, amigos y compañeros de la licenciatura de Físicas de la Universidad de Zaragoza (con los que creamos el entrañable Ateneo Científico Universitario), al profesor Ricardo Ibarra, que me permitió iniciarme en el mundo de la investigación, a mi mujer Anabel y sus padres (Félix y Fina), nuestros hijos Sofía e Isaac, y a tantos compañeros, colegas y estudiantes que mi actividad científica me ha permitido conocer por todo el mundo y de los que tanto he aprendido.

Y, sobre todo, a los innumerables escritores y científicos cuyos libros e ideas me han proporcionado un salvavidas intelectual y vital al que asirme.

Zaragoza (España), 6 de junio de 2021

Referencias bibliográficas

ABADÍAS, R. (2021), *Aporía. La curiosidad mató al gato de Schrödinger.* Zaragoza: Mira Editores.

______ (2021), *La curiosidad mató al gato de Schrödinger. Origen*. Zaragoza: Mira Editores.

ANDERSON, D. L. (1964), *The discovery of the electron*. Princeton: Van Nostrand Company.

BENTIVOGLIO, M., *Life and discoveries of Santiago Ramón y Cajal*. Fundación Nobel (página web).

CALDERÓN DE LA BARCA, P. (2004), *La vida es sueño*. Madrid: Ediciones Cátedra.

CHEN, C. *et al.* (2018), «Distinct facial expressions represent pain and pleasure across cultures». *PNAS* 115, E10013.

CROUCH, B. (2019), *Recursion*. Nueva York: Crown Publishing Group.

DIAMANDIS, P. y KOTLER, S. (2020), *The future is faster than you think*. Nueva York: Simon & Schuster.

EAGLEMAN, D. (2017), *El cerebro*. Madrid: Editorial Anagrama.

EKMAN, P. (2007), *Emotions revealed*. Nueva York: Times Books.

ESCOBAR, A. (2006), «Santiago Ramón y Cajal, Premio Nobel 1906», en *Revista Mexicana de Neurociencias*.

FERNÁNDEZ SANTARÉN, J., GARCÍA BARRENO, P. y SÁNCHEZ RON, J. M. (2006), *Santiago Ramón y Cajal. Un siglo después del Premio Nobel*. Santander: Fundación Botín.

Gaceta de Madrid, ejemplar del 31 de octubre de 1860.

GAZZANIGA, M. S. (2018), *The consciousness instinct: Unraveling the mystery of how the brain makes the mind*. Nueva York: Farrar, Straus and Giroux.

GOLEMAN, D. (2007), *Social intelligence*. Arrow. Londres: Hutchinson.

JACK, R. E., CALDARA, R. y SCHYNS, P. G. (2012), «Internal representations reveal culture diversity in expectations of facial expressions of emotions». *Journal of Experimental Psychology: General* 141, 19 (2012).

KIM, Y. *et al.* (2018), «Nano-architectural approaches for improved intracortical interface technologies». *Frontiers in Neuroscience* 12, 456.

MARRO, J. y CHIALVO, D. (2017), *La mente es crítica*. Granada: Universidad de Granada.

MÁRTIL, I. (2019), *Microelectrónica: la historia de la mayor revolución silenciosa del siglo XX*. Madrid: Ediciones Complutense.

MONTES, S. (2017), «Parálisis facial periférica en una pintura de Goya: el retrato de D. Andrés del Peral». *Galicia Clínica* 78, 149.

MUSK, E. y NEURALINK (2019), «An integrated brain-machine interface platform with thousands of channels». *Journal of Medical Internet Research* 21, e16194.

NIKOLENKO, V., POSKANZER, K. E. y YUSTE, R., (2007), «Two-photon photostimulation and imaging of neural circuits». *Nature Methods* 4, 943.

ORWELL, G. (2019), *1984*. Madrid: Editorial Lumen.

PEIRANO, M. (2019), *El enemigo conoce el sistema*. Madrid: Debate.

PICOT, A. *et al.* (2018), «Temperature rise under two-photon optogenetic brain stimulation». *Cell Reports* 24, 1243.

PINKER, S. (1997), *How the mind works*. Londres: Penguin Books.

RAMÓN Y CAJAL, S. (1906), *The structure and connexions of neurons. Santiago Ramón y Cajal*. Nobel Foundation: Nobel Lecture.

RAMÓN Y CAJAL, S. (1998), *Ramón y Cajal y la Guerra de Cuba. Apuntes autobiográficos*. Zaragoza: Cremallo de Ediciones.

RAMÓN Y CAJAL, S. (2.ª ed.) (1917), *Recuerdos de mi vida*. Madrid: Imprenta y librería de Nicolás Moya.

SHANAHAN, M. (2015), *The Technological Singularity*. Cambridge (Massachusetts): MIT Press.

SHARMA, P. P. *et al.* (2017), «Towards a magnetoresistive platform for neural signal recording». *AIP Advances* 7, 056706 (2017).

SHELLEY, B. P. (2013), «Historical perspectives of facial palsy: before and after Sir Charles Bell to facial emotional expression». *Archives of Medicine and Health Sciences* 1, 85.

SHEN, H.-M., HU, L. y FU, X. (2018), «Integrated giant magnetoresistance technology for approachable weak biomagnetic signal detection». *Sensors* 18, 148.

«Sir J. J. Thomson (obituary)». *Nature* 146, 351 (1940).

THOMSON, J. J. (1906), *Carriers of negative electricity*. Nobel Foundation: Nobel Lecture, 11 de diciembre.

TORREJÓN, J. *et al.* (2017), «Neuromorphic computing with nanoscale spintronic oscillators». *Nature* 547, 428.

YUSTE, R. (2019), *Las nuevas tecnologías y su impacto en la ciencia, medicina y sociedad*. Zaragoza: Prensas de la Universidad de Zaragoza.

Álbum fotográfico

A continuación, se muestran algunas fotografías relacionadas con el contenido de *2037. Paraíso neuronal*.

Foto 1. Andres del Peral pintado por Goya en 1798. En la parte izquierda de su boca pueden apreciarse los signos de parálisis facial

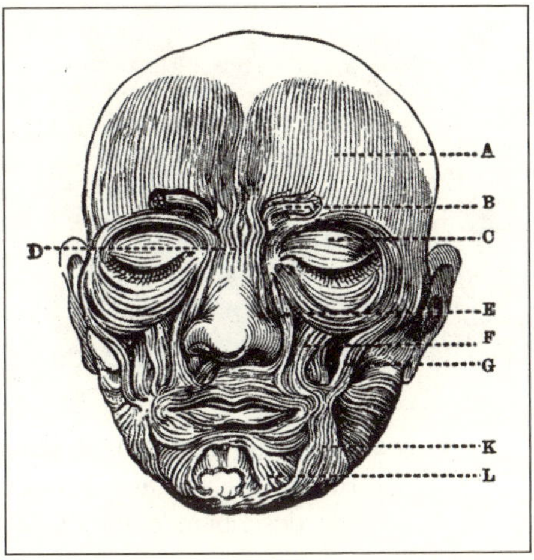

Foto 2. Músculos faciales, según Charles Bell

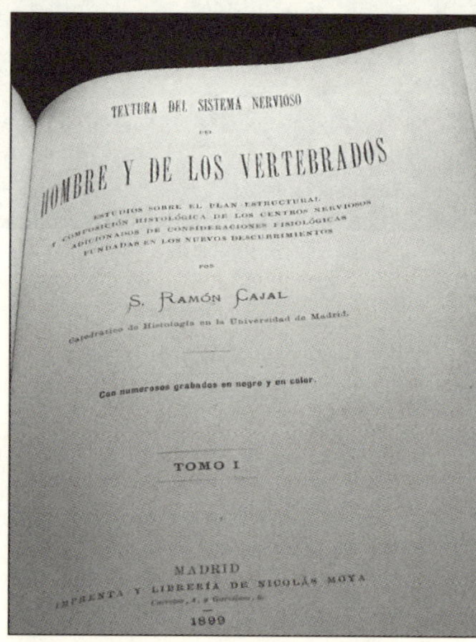

Fotos 3, 4 y 5. Medalla y diploma conmemorativos del Premio Nobel a Santiago Ramón y Cajal (año 1906) y su libro *Textura del sistema nervioso*, describiendo en detalle las neuronas (año 1899)

Foto 6. Cuadro *La gran ola*, de Hokusai

Foto 7. *Pigmalión y Galatea*, obra de Francisco de Goya que se exhibe en el museo Paul Getty de Los Angeles

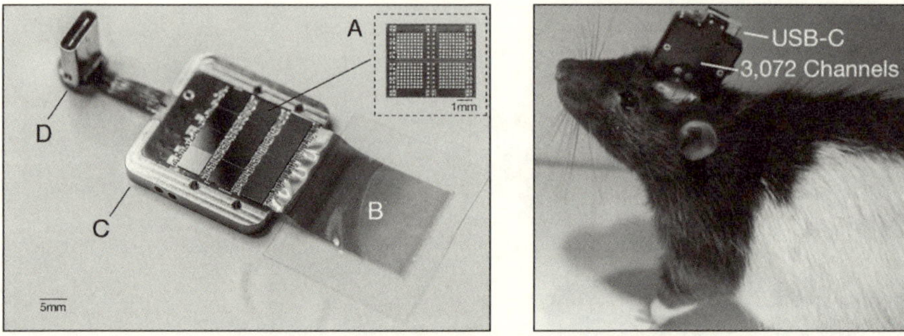

Fotos 8 y 9. Microchip desarrollado por la empresa Neuralink e implantado en el cerebro de una rata (Elon Musk y Neuralink, «An integrated brain-machine interface platform with thousands of channels», *Journal of Medical Internet Research* 21, e16194, 2019)

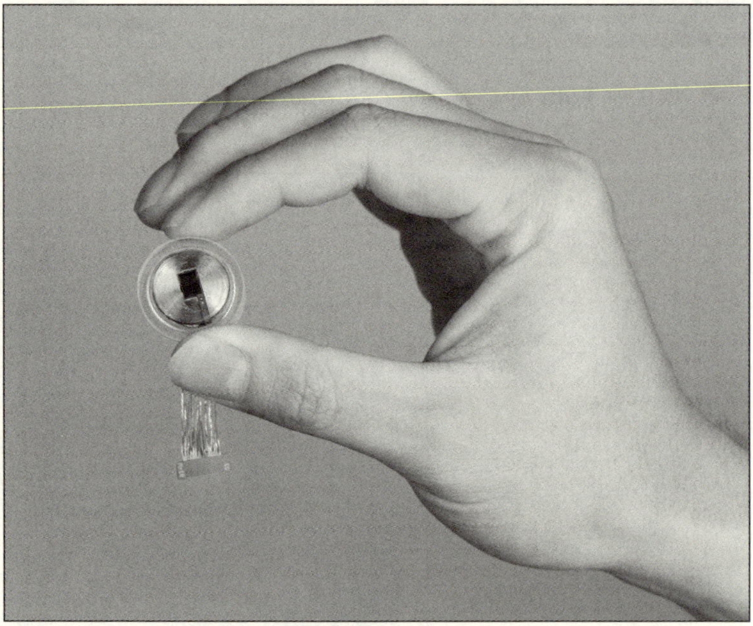

Foto 10. Microchip inalámbrico (similar al planteado en *Paraíso neuronal*) fabricado por Neuralink e implantado en el cerebro de la cerdita Gertrude para recoger las señales neuronales generadas en su hocico al olfatear. El video de la demostración puede verse en el siguiente enlace: https://www.youtube.com/watch?v=NqbQuZOFvOQ

Sueños de tinta
MIRA EDITORES

Este libro se terminó de imprimir
en los talleres de INO Reproducciones,
en Zaragoza,
el 17 de octubre de 2021.
Tal día como hoy, en 1934,
murió el científico y humanista
Santiago Ramón y Cajal,
padre de la neurociencia moderna.
«A la voluntad, más que a la inteligencia,
se enderezan nuestros consejos,
porque tenemos la convicción de que aquella (...)
es tan educable como esta,
y creemos además que toda obra grande,
en arte como en ciencia,
es el resultado de una gran pasión
puesta al sercivio de una gran idea».
(*Reglas y consejos sobre investigación científica*)